Irina Rosanowski, 2017

Rolf Hochhuth

Rolf Hochhuth

Bei Coco Chanel

Jackie
Marlene
Strawinsky

2 Akte für 6 Spieler

Rowohlt Taschenbuch Verlag

2. Auflage August 2017

Originalausgabe
Veröffentlicht im Rowohlt Taschenbuch Verlag,
Reinbek bei Hamburg, Juli 2017

Umschlaggestaltung any.way, Hamburg
Umschlagabbildung Apic / Getty Images
Satz Abril OTF bei
Dörlemann Satz, Lemförde
Druck und Bindung CPI books GmbH, Leck, Germany
ISBN 978 3 499 27324 7

«Ein Mann kann anziehen, was er will –
er bleibt doch nur ein Accessoire der Frau.»

COCO CHANEL

«Es sind nicht die Erfolge, aus denen man
lernt, sondern die Fiaskos.»

COCO CHANEL

«Aber nein, mit Sicherheit nicht,
Männer sind nicht dazu geschaffen,
Frauen anzuziehen.»

COCO CHANEL

PERSONEN

Coco Chanel

Jackie Kennedy

Marlene Dietrich

Igor Strawinsky

Isabelle
Militärattaché der US-Botschaft in Paris

Isabelle ist eine lange Mulattin, ihre Mutter Parisin, ihr Vater ein baumhoher Massai.

Herbert Grönemeyer hat, herzlichen Dank, mein Lied «Dem Unbekannten Soldaten» vertont – das hier angeblich Strawinsky für Marlene getan hat.

Sind Frauen begabt, sind ja in der natürlichen Diplomatie immer begabter als Männer, regieren sie so, daß die ihre Einbildung nie loswerden, wenigstens bei Tage hätten sie die Hosen an.

Wie dem auch sei, von den drei Damen, die uns hier beschäftigen, haben sich zwei ihren Weltnamen ganz allein gemacht, während Jackie erst bekannt wurde, als sie Senator Kennedy geheiratet hat, besonders aber, als ihr Mann ins Weiße Haus einzog – für ganze 1036 Tage: schon mit 46 Jahren ermordet. Sein Bruder Robert, Justizminister, wurde sogar nur 43 – knapp fünf Jahre später als John ermordet, am 6. Juni 1968.

An diesem Tag spielt unser Stück.

Obwohl Amerika mit FBI und CIA der bestinformierte Überwachungsstaat ist, den die Geschichte kennt – hält noch 50 Jahre nach der Erschießung Robert Kennedys das Weiße Haus an der Behauptung fest – wer kann sie glauben? –, die Brüder seien von zwei namenlosen Spinnern, denen kein Mord-Motiv anzuhängen war, ermordet worden! Dies ist der Beweis ex silentio, daß die angeblichen zwei Mörder – doch keiner hat einen von ihnen schießen sehen – ferngesteuert waren, von wem auch immer!

Die Macht der US-Geheimdienste wurde nie drastischer verdeutlicht als durch ihre Fähigkeit, 2013 bei der Flucht ihres

Mitarbeiters Edward Snowden erst nach Hongkong, dann in sein Moskauer Asyl, mehrere Staaten, die sich im Ernst noch für souverän halten, zu zwingen, das Flugzeug, in dem die USA Snowden irrtümlich vermuteten, am Überfliegen dieser Länder zu hindern! Nie hat eine Macht ihre Allmacht über die Souveränität rücksichtsloser und «erfolgreicher» demonstriert!

Genau hier lag das Motiv des erst 30-jährigen Edward Snowden, sich dem US-Geheimdienst als technischer Mitarbeiter anzubieten: Er wollte dessen totalitäre Praktiken, die Daten sämtlicher Personen und Institutionen zu erfassen, aufdecken, um weltweit vor ihnen zu warnen.

Wie weit die USA schon fähig sind, dem Erdkreis ihren Willen aufzuzwingen, das wurde nie so offenbar wie durch ihre «Maßnahme», sogar die Maschine des bolivianischen Präsidenten, auf seinem Rückflug von einer Moskauer Konferenz nach La Paz, zur Zwischenlandung in Wien zu zwingen und das Flugzeug dort zwölf (!) Stunden am Weiterflug zu hindern, um zu untersuchen, ob nicht doch Snowden in dieser Maschine versteckt sei ...
Deprimierender, doch von aller Welt überhaupt nicht mehr bemerkt, daß dieser Terror des Weißen Hauses – ja: von aller Welt überhaupt nicht mehr als solcher, als Terror, bemerkt – hingenommen wurde wie eine Selbstverständlichkeit, ja wie ein Recht der USA!
Hingenommen von sämtlichen Medien auf dem Erdball, die

nicht im geringsten davon irritiert wurden – weil sie nämlich auch das schon gar nicht mehr merkten –, welchen Kotau sie damit dem Dom der Macht, dem Weißen Haus erwiesen haben!
Katholiken sehen im Papst, Weiße im US-Präsidenten ihren Oberherrn! Ruhm Rußlands und seines Putin, weil sie Snowden Asyl gaben, den Anweisungen der USA als einzige auf der Welt nicht zu parieren ...

Coco Chanel, noch zwei Generationen nach ihrem Tod als Mode-Revolutionärin bekannter als jede lebende Designerin, hatte in frühen Jahren als einen ihrer vielen Lover auch Igor Strawinsky.
Die jahrelange Romanze hat der Brite Chris Greenhalgh 2002, also 30 Jahre nach dem Tode des Paars – beide sind 1971 gestorben – als Roman und als Film dokumentiert. Jedoch das berühmteste Foto der beiden ist hier deshalb nicht als Titelbild verwendbar, weil es aus sehr viel früheren Jahren stammt als hier Strawinskys Auftritt; sein vermutlich letzter Besuch bei Coco Chanel.

Aber geblieben ist durchaus die große Liebe, die sie lange vor dem Hitler-Krieg verbunden hat, den der Komponist in den USA überlebte, während Chanel ab 1940 in Paris, unter der deutschen Besatzung, die Geliebte des SS-Offiziers und des angeblichen Spions Günther von Dincklage wurde. Deshalb wollte im Befreiungsrausch 1944 der Pariser Mob sie wegen «Kollaboration» ermorden!

Doch hatten Franzosen an der Vertreibung der Hitler-Deutschen Besatzer aus Paris überhaupt nicht mitgewirkt, sondern allein Amerikaner und Briten sie erkämpft. Umso beschämter und folglich mörderischer mißhandelten Franzosen jene ihrer Landsleute – genau dasselbe passierte ein halbes Jahr später in Prag, nachdem die Rote Armee die Stadt von Deutschen befreit hatte –, die Kontakt zu Deutschen gehabt hatten.
So ermordeten die Franzosen – Vorwand wie fast immer ein Auto-«Unfall» – ihren größten Bildhauer, den 83-jährigen Maillol, weil kultivierte Deutsche wie Ernst Jünger, Friedrich Sieburg und Arno Breker, der einstige Schüler Maillols, ihn während der deutschen Besatzungszeit in seinem Pariser Atelier besucht hatten ...

Coco Chanel, seit Mitte der 1930er Jahre mit Familie Churchill durch Riviera-Urlaube bekannt, überlebte allein deshalb 1944 die «Volkswut» der Franzosen, weil der amtierende Premierminister Churchill seinen berühmten Pariser Botschafter Duff Cooper anwies, p e r s ö n l i c h, sie in seinem Auto in die Schweiz zu retten. Da blieb Chanel als Emigrantin 16 Jahre! Dort hat sie sich auch aus Dankbarkeit gegenüber den Eidgenossen 1971 beerdigen lassen; wie übrigens auch ihr Lover Dincklage.

Der erste Akt spielt in einem der Ankleideräume, durch eine imposante Treppe charakterisiert, die mit Schwung in die Mitte des Raumes ausläuft: von links unten mündet sie rechts

oben, breite Stufen, schmiedeeisernes Geländer mit Messinggriff.
Diese Treppe – in anderen ihrer Ateliers hatte Coco auch Treppen, die eher der Neuen Sachlichkeit der 20er Jahre entsprachen, also keine so schmuckvollen Geländer hatten und fast direkt von unten nach oben gingen – steht im ersten Akt ebenso im Blickfeld wie später im zweiten der Konzertflügel.

Dieses Atelier ist bewußt überhäuft mit Bildern, Plastiken, Möbeln der Belle Époque. Der vielarmige Kronleuchter ebenso charakteristisch wie die Treppe, die als integrierender Bestandteil bei Chanels Anproben immer auch von ihren Modellen «beschritten» wird.
Chanel bevorzugt den Prunk der Kaiserin-Eugénie-Epoche vielleicht deshalb so sehr, weil er im Gegensatz steht zu allen ihren Hüten und Kleidern, die ihrer Zeit um Jahrzehnte voraus waren, daher auch noch Jahrzehnte nach Chanels Tod weltweit Maßstab der Mode blieben.

Zweitens wird die Szene überstrahlt von Franz Winterhalters 1855 gemaltem Bild der Kaiserin Eugénie mit ihren acht Hofdamen.
Dieses Gemälde der berühmtesten Spanierin der Belle Époque, als Gattin Napoleons III. zur Kaiserin Eugénie geworden, ist heute der Stolz des Musée National du Château de Compiègne.
Erst 1966 hat Golo Mann aufgrund einer neuen Biographie diese Kaiserin rehabilitiert. Denn als 1870 Napoleon III. nach

Franz Winterhalter, 1855: Kaiserin Eugénie mit ihren acht Hofdamen
Musée National du Château de Compiègne

der Schlacht bei Sedan seinen Thron verloren hatte und, Gefangener Bismarcks, nach Kassel abgeführt wurde, teilte Eugénie, die erst mit 96 starb, 1920, insofern sein Schicksal, als auch s i e Jahrzehnte lang so unsachlich verleumdet wurde, wie stets die Nachwelt fast einstimmig über Geschlagene herfällt ...

Längst war undankbar vergessen, daß erst dieses Kaiserpaar Paris zu d e m gemacht hat, was noch heute, nach 150 Jahren und vermutlich, solange Paris steht, die Nachwelt an der Stadt entzückt – genauso wie 80 Jahre nach Verschwinden des letzten Kaisers aus Berlin keiner sich mehr erinnert, daß es die

Hohenzollern waren, die mit der Museumsinsel die Akropolis des Nordens hinterlassen haben ... Nirgendwo auf der Welt haben Demokratien auch nur annähernd ähnlich die Künste gefördert.
Sie haben sie sogar durch ihren aggressiven Haß auf die Künste, entsprungen ihrem widernatürlichen «Ideal» – égalité – vernichtet! Das ging ganz einfach durch Entzug der finanziellen Mittel für Kunst an und im Bau. So wurden die zwei ehrwürdigsten Handwerker, Maler und Bildhauer, in den Demokratien nahezu ausgerottet. Halten konnten sich nur solche Künstler, die vom Zeitgeist so genormt waren, daß sie einen Lehrstuhl ergattern konnten: Wer sonst hätte sie ernährt?

Wir wollen schon aus Gerechtigkeit, vor allem aber aus Sinn für Schönheit – eine aussterbende, ja verleumdete Neigung –, daß dieses Meisterwerk von Winterhalter in dem Bühnenbild endlich wieder gezeigt wird: Denn alle Maler und Bildhauer in der ganzen Welt, die diese Belle Époque zum Ausdruck gebracht hatten, wurden mit dem Aufkommen der Moderne, also vorherrschend der Impressionisten, für fast ein Jahrhundert schmachvoll als «Kitsch» abgeschoben in die Magazine der Museen ... Inzwischen holt man sie teilweise wieder hervor. Bilderstürme sind ein immer erneut wiederkehrendes Ereignis: Jede Epoche ist, ebenso wie jeder einzelne anders albern; natürlich im Hinblick auf jeweils ganz Verschiedenes.
Konstant bleibt allein das Quantum der Albernheit.

Ich sage das auch wegen der historischen Genauigkeit: Coco Chanel liebte tatsächlich die Belle Époque, sammelte ihre Möbel – zweifellos, weil sie ihre e i g e n e n Kreationen radikal kontrastreich zur französischen Kaiserzeit schuf.

Wie auf fast jedem Atelier-Foto zu sehen, hat Chanel stets mit Hut und Zigarette ihre Kundinnen «abgesteckt».

ERSTER AKT

Jackie Kennedy in BH, Slip und Strumpfhaltern – viel erotischer als die spätere Strumpfhose, die es damals noch gar nicht gab. Auch in Schuhen mit hohen Absätzen. Sie steht auf einem Podest, der Rampe so nah wie möglich. Ihre Kleider liegen auf dem Stuhl, auch Belle Époque. Der Stuhl ist zur Hälfte durch einen Paravent verdeckt. Der ist verziert mit chinesischen Mustern.
Doch wenn Jackie sich umzieht – sie wechselt ja zwischen den ihr angebotenen Kostümen –, so ist auch das von den Zuschauern zu sehen! Denn sie tut das vor Chanel, nicht hinter dem Paravent.
Der lange Tisch, wie üblich höher als Eßtische, im Hintergrund, überfüllt mit Stoffproben verschiedener Farben.
Coco mit Maßband, Schere an einer langen Perlenkette um den Hals und ein, zwei Nadeln an der Kleidung, in der Hocke, wie stets mit ihrem je neustem Hut, Stiefeletten, Zigarette – Camel, wie immer. Hinter ihr der wandgroße Belle-Époque-Spiegel.
Ebenso raumbeherrschend Winterhalters 9-Frauen-Bild. Die Anprobe ist längst im Gange: ein ähnliches Kostüm, wie die Welt es kennt seit den Schüssen in Dallas – doch anders in der Farbe: Royalblau hat Jackie bisher nie getragen. Ganz ähnlich hängen da eins in Elfenbein und ein Smaragdes, noch weniger fertig als das Royalblaue, Altrosa und Marineblau.
Chanel und Kennedy trinken ab und zu Champagner, die Kelche in ihrer Griffnähe. Die schwarze Assistentin trinkt nicht.

JACKIE: Fast irritierend, daß ich erstmals wieder Farbe tragen soll.

COCO: Wird Zeit nach fünf Jahren – Sie sind entschieden
zu jung für ewig Schwarz. Fand selbstverständlich,
als Sie mich anriefen, Mrs. Kennedy,
daß Sie wieder kräftige Töne wollen!

Jackie tritt von dem Podest herab, im Royalblauen. Sie weist auf die unfertigen Kostüme – heute ist hier ja nicht ihre erste Anprobe –, nimmt sie, hält sie an sich, schaut in den Spiegel.

JACKIE: Je lockender Ihre Farben, Madame, desto schwieriger
die Wahl, also diese drei in jedem Fall, wäre aber dankbar,
Sie machten mir fünf oder sechs – und vor allem: Ich gehe ja bald
wieder aufs Schiff zu Onassis, doch in Griechenland
schwimmt niemand nackt ... bitte also auch verschiedenes
Badezeug. Bikini und das Konventionelle.

Coco zuerst in der Hocke, steht mühelos auf und drapiert den Stoff über Jackies noch immer junge Schultern. Während sie absteckt, pausiert der Dialog keine halbe Minute. Ihre Assistentin, die lange Afrikanin Isabelle (wir machen die maskuline Albernheit nicht mit, unbedingt ‹er›, in das Wort einzufügen, wir sagen ja auch Schwedin, warum aber nicht auch Berlinin – sondern, absurd: Berlin er in), mit Brille, in weißem Kittel – so selbstsicher hier, als hoffe sie darauf, und das tut sie auch, Nachfolgerin ihrer kinderlosen Chefin zu werden. Sie hat Instinkt genug, ihre Jugend, ihre Schönheit durch den langärmeligen weißen Kittel vorsichtshalber zu kaschieren, statt herauszustellen, damit sie Chanel nicht verärgert, da die schon erheblich älter ist ...

COCO: Isabelle, holen Sie bitte das Smaragde.

ISABELLE: Sie meinen dies? Oder Ihren ersten Entwurf?

COCO: Erst mal dies, danke.

Die Assistentin reicht Mrs. Kennedy einen Unterrock. Und hilft ihr dann in das zweite, noch unfertig abgesteckte Kostüm, in Smaragd.

JACKIE, *zu der Assistentin:*
Oh, ich danke Ihnen!

Jackie hat den Unterrock angezogen; jetzt zieht sie den unfertigen Rock an, der noch immer voller Nadeln ist. Die Assistentin hilft Jackie in die Jacke. Chanel kommt ihr zu Hilfe und schließt sie. Sie nimmt die Schere und schaut, ob alles sitzt, ist einigermaßen, doch noch nicht ganz zufrieden.

COCO: Und jetzt bitte mal die Treppe herunter – habe nie begriffen, daß manche ein Atelier ohne Treppe haben, auf der man überhaupt erst sieht, ob Kleid und Bewegung zusammenpassen.

Jackie ist die Treppe hochgegangen und kommt langsam herunter, von Coco und ihrer Assistentin begutachtet.

JACKIE: Fühle mich sicher so, beengt mich gar nicht.

COCO: Gut, sehr schön. Kommen Sie bitte noch mal aufs Podest.

Chanel geht um sie herum, fasst ihre Hüften und ihren Po:

Und bitte geradestehen, Frau Kennedy!
Ja, das sitzt wie angegossen, muß nur noch
die Paspelierung einheften.

Während sie absteckt, pausiert der Dialog nicht.

JACKIE: Die Farbe stimmt genau, mir fast noch fremd:
Und das Material – höchst anschmiegsam,
schöner Sitz, nicht zu eng, wie geschaffen
für meine langen Schritte!

Sie streicht über den Rock – schaut herunter:

Ist der nicht ein bisschen zu kurz?

COCO: Ich finde ihn genau richtig, aber wenn Sie
möchten, können wir ihn auch länger machen ...

JACKIE: Nein, nein, verlasse mich auf Ihren Blick!

COCO: Sie haben abgenommen, Mrs. Kennedy!
Wir sollten die Schultern reduzieren.
Bitte immer geradestehen.

Jackie schaut in den Spiegel. Chanel will die Schultern schmaler stekken, die Assistentin reicht ihr Nadeln und Aschenbecher.

COCO: Viel besser! Mrs. Kennedy, schauen Sie ...

JACKIE: Sagen Sie doch Jackie, dann darf ich Coco sagen.

COCO, *lacht:*
Ja, macht alles leichter!
Schauen Sie jetzt in den Spiegel, Jackie.

JACKIE: Mh, mh ...

COCO: Wie ist die Beweglichkeit? Strecken Sie bitte den Arm aus!
Und jetzt winkeln Sie ihn an, ich möchte gern den Sitz prüfen.

Jackie macht vorsichtige, elegante Bewegungen.

JACKIE: Ja, sehr gut!

COCO: Wunderbar, nur eine kleine Veränderung an der Jacke:
Die Ärmel kürze ich.

JACKIE: Ich gehe demnächst zur Taufe einer Nichte.
Und wie ich Ihnen schon am Telefon sagte,
was Romy Schneider da in ihrem
«Spion zwischen zwei Fronten» trug:
das Schneeweiße, das ganz Einfache,
schwarzer Kragen, schwarzer Gürtel, figurbetont,
aber nicht gar zu eng ... das hätte ich auch gerne ...
und natürlich auch ein paar Taschen ...

COCO, *lacht kurz:*
Gedankenübertragung – vorgestern zwei neue gezeichnet,
wie geschaffen für Sie.

Sie macht eine Kopfbewegung zu der Assistentin hin, die abgeht, zwei große Blätter mit Zeichnungen zu holen; die sind zwischen zwei Pappdeckeln.

JACKIE, *lacht auch:*
Ja, ich halte die immer für etwas ganz Reales.
Hab das so oft erlebt: Kein Zufall!

COCO, *ganz selbstverständlich:*
Romy kauft oft bei mir, ich möchte fast sagen alles.
Daher das Schwarzweiße, was eigentlich dann
s i e für ihre Jahrgänge einführte.
Doch ausgerechnet d e n Film, unglaublich, hab ich
n i c h t gesehen. Auch eine meiner vielen
Alterserscheinungen! Bedenken Sie bitte auch, Jackie,

daß meine Abneigung, ins Kino zu gehen,
viele Jahre auf meiner Angst beruhte:
Ich wäre dort in Paris gelyncht worden ...

JACKIE: Gelyncht? Wieso denn gelyncht? Verstehe überhaupt nicht,
wovon Sie sprechen, Coco!

Coco, bitter; natürlich so ich-befangen wie jeder Mensch, auch in der Illusion, der Terror der Pariser, anläßlich ihrer Befreiung durch die Amerikaner 1944, gegenüber denen, die sie der Kollaboration mit den Hitler-deutschen Besatzern bezichtigten – meist total grundlos –, habe sich bis ins Weiße Haus herumgesprochen.

COCO: Wollen Sie sagen, Jackie, Sie wissen nicht, daß ich hier
als Spionin der Deutschen galt, die ermordet worden wäre
1944 – hätte nicht Churchill persönlich
durch seinen Botschafter, in dessen Wagen, mich in die Schweiz gerettet?
Ohne Frage, die Pariser hätten mich ermordet,
Franzosen haben doch sogar Maillol ermordet!

JACKIE, *probiert jetzt gerade das Elfenbein-Farbene:*
Wer war Maillol?

COCO: Unser größter Bildhauer mit und seit Rodin!
Haben ihm in einem Auto den Kiefer kaputt geschlagen!
Er war 83, hat noch ein paar Tage gelallt, dann tot.

JACKIE, *völlig entsetzt:*
Wieso denn das?
Davon hatte ich gar keine Ahnung!
Ist das bekannt, öffentlich?

COCO: In Frankreich weiß das jeder – und schämt sich derart,
daß alle unsere Lexika und die so sich nennenden Historiker
lügen: Gestorben durch «Autounfall», unser Klassiker!

Sie hat bei «Autounfall» mit beiden Händen Anführungsstriche markiert.

Maillol war unterwegs, seinen Sohn zu besuchen,
den die Résistance verhaftet hatte, weil den Vater
kultivierte Deutsche wie Ernst Jünger oder Sieburg
während der Okkupation durch die Hitler-Armee
natürlich im Atelier ihre Aufwartung gemacht hatten:
Der 80. Geburtstag Maillols 1941 war in den deutschen
Zeitungen prachtvoller gefeiert worden als in Frankreich.

JACKIE: Entsetzlich – kein Amerikaner hat davon die leiseste Ahnung!
Und Maillol war bedeutend – geniere mich, seinen Namen nie
gehört zu haben.

COCO: Der lebende Bildhauer unter den Franzosen!
– jetzt seine Arbeiten in jedem Museum ersten Ranges.
Der Despiau wurde ebenfalls – weiß nicht wie,
doch aus demselben «Grund» – zu Tode drangsaliert,

oder sogar massakriert, auch Bildhauer ...
Wir verächtlichen Franzosen haben uns
1940 überhaupt nicht g e w e h r t : Hitler war
in nur sechs Wochen schon am Kanal
– während der Kaiser im Ersten Weltkrieg vier Jahre lang
uns nicht besiegen konnte ...
Aus Beschämung haben deshalb bei der Befreiung
durch Briten, vor allem durch Amerikaner,
meine Landsleute, speziell hier in Paris, fast jeden
massakriert, der mit den deutschen Besatzern
nur ein Glas Bier getrunken hat.
Ich duckte mich 16 Jahre weg in die Schweizer
Emigration – kam a l l e i n aus Geschäftsgründen
wieder nach Paris, wo ich um keinen Preis
beerdigt werden will – so wenig wie mein Lover
in Deutschland.

Sie lacht erbittert.

Solche Erfahrungen, Sie werden das kaum verstehen,
Jackie, stoßen einem natürlich nur dann zu,
zählt's Vaterland nicht zu den Siegern,
sondern zu den Geschlagenen ...

JACKIE: Tatsächlich – falle aus allen Wolken, als Amerikanerin,
wir alle, völlig ahnungslos, da ja ohne Verdienst
stets auf Siegerseite ... Vermute, das macht immer blind,
glückverdummt.

COCO: Stimmt! So wollen natürlich wir Franzosen noch heute
nicht wahrhaben, daß wir n i e aus eigener Kraft,
sondern allein dank der Briten und Amerikaner
und deren Landung in der Normandie die verdammten
deutschen Besatzer wieder los wurden!
Dankesschuld macht jeden böse.

JACKIE: Aber warum um Gottes willen hat man S i e als Spionin
so verfolgt, daß Sie abhauen mußten in die Schweiz?

COCO, *lacht resigniert:*
Mein «Verbrechen», ich hatte einen schönen Deutschen
als Lover, SS-Mann, der natürlich auch hier ermordet
worden wäre – wäre er nicht in die Schweiz entkommen.
Deshalb hielt man mich für eine Spionin –
als hätten wir im Bett ausgerechnet Politik gemacht.
Was hätte ich schon w i s s e n, also verraten können!
Ich – nichts als eine Schneiderin?
Doch dieser Deutsche, ein Aristokrat, in der SS,
war unwiderstehlich, auch acht Jahre jünger ...

JACKIE, *immer interessierter wie für alles Persönliche:*
Wie war denn C h u r c h i l l auf Sie gekommen?

COCO, *noch immer bedrückt von dem, was sie vor 24 Jahren fast umbrachte:*
Zufällig hatte ich seine Frau und ihn
vor dem Krieg in den Sommerferien an der Riviera

kennengelernt – und so rettete er mich hier vor dem Pöbel.
Nur e r hat das gekonnt, natürlich, als Premier!
16 Jahre, liebe Jackie, mußte ich in der Schweiz absitzen …
Brachte mich fast um – so fehlten mir Paris und meine Arbeit!

JACKIE: Und dann Ihr Comeback in Paris?

COCO, *so bitter wie verächtlich:*
Allein möglich dank der Amerikaner: Die französische Presse
urteilte einstimmig: «Die Kleider von Madame Chanel
taugen nur noch, um Büros zu putzen, und ihre Mannequins sehen aus
wie Gänsescharen!» Oder «phantasielos und provinziell».

JACKIE: Und die amerikanische Presse rettete Sie? Freut mich natürlich.

COCO: Fürchte, das ist überall so: Landsleute richten sehr gern
ihre Prominenten hin. Sicher aus Neid: Wehe denen,
die das A u s l a n d nicht rehabilitiert.

Die Anprobe geht unterdessen weiter. Die Assistentin bleibt die ganze Zeit bereit und steht Chanel zur Seite. Sie überreicht Chanel ein Musterbuch, um Farben und Muster auszusuchen.

JACKIE: Sehr schön, was Sie mir da anziehen, Coco – danke.

COCO, *schlägt das Musterbuch auf:*
Elfenbein sagt Ihnen zu? Wollen Sie's in Seide,
Chiffon oder Satin?
Und für die neuen Kostüme nehmen wir, wenn's Ihnen gefällt,
Bouclé und Jersey, Jacquard und Tweed. Welche Farben noch?

JACKIE: Nur niemals mehr Pink! Ich ertrage diese Farbe nicht mehr.
Seit Dallas!

Sie schweigt, kann jetzt nicht weiter reden, so ergänzt Coco:

COCO: Natürlich! – Hätte ich Ihnen gar nicht angeboten.

Sie weist ihre Assistentin auf einen Stoffballen hin, Bordeauxfarben aus dem Regal. Die reicht ihn ihr.

COCO: Ich mache Ihnen auch eins in Bordeaux, wenn Sie wollen.

JACKIE: Gern. Türkis würde mir auch gefallen.

COCO: Versuchen beides.

Hier wird natürlich nicht nur gesprochen, sondern ständig auch probiert, abgesteckt, in den Spiegel geguckt.

COCO: Wie sieht's mit den Ärmeln aus?

Jackie, während sie ihre Arme ausstreckt und Coco an ihnen arbeitet, die Assistentin immer dabei, in Wartehaltung. Chanel trennt oben den Ärmel aus und streift ihn runter, die Assistentin reicht ihr die Schere, und Chanel schneidet den Ärmel ein, dann wird der Ärmel eingeknipst.

COCO: Ja, viel besser!

Alle schauen in den Spiegel.

JACKIE: Kann gar nicht sagen, wie Ihre Farben mir gefallen:
Sie kennen mich besser als ich mich selbst.

COCO: Das freut mich sehr! Danke, liebe Jackie.

JACKIE: Vergessen Sie nicht, all die Jahre kam mir gar nicht
in den Sinn, Farben zu tragen. Doch Sie bringen mich
auf die Frage: W a r u m auch Sie, Madame,
immer Schwarz tragen, doch sicherlich nicht aus Trauer?

COCO: Gewiß nicht! Doch Ihre Frage ist höchst
interessant, weil ich sie mir tatsächlich s e l b e r
noch nie gestellt habe ...
Können Sie mir erklären, warum das so ist?
Übrigens kommt heute auch noch Marlene Dietrich,
will Hüte kaufen. Sie wissen, mit einem kleinen Hutladen
habe ich angefangen ...

JACKIE: Nein, wußte ich nicht, obwohl ich natürlich auch,
seit wir im Weißen Haus waren, kaum ohne Käppchen
auf die Straße durfte. Bin inzwischen der Meinung,
nur ein Twen kann sich's leisten,
oben ohne und ohne Hut zu gehen.

COCO: Ja wirklich, im Moment gibt's keinen Twen mit Hut.
Wird aber wieder anders kommen ...

JACKIE: Hüte sind viel zu schick, um auf die Dauer
keine zu tragen.
Möchte heute natürlich auch welche von Ihnen.

COCO, *während beide vor den Spiegeln das Jackie eben Angelegte prüfen:*
Bitte sagen Sie gleich, wenn's Ihnen spontan nicht gefällt.
Allerdings – die letzte Kritik wird Ihnen erst kommen,
wenn's fast fertig ist ... Oder sogar erst, wenn Sie schon
in ihm spazieren gehen.

JACKIE: Die Farben, die Stoffe gefallen mir ausnahmslos.
Doch von Hüten, da ich nie welche trug, sondern stets Kappen,
weiß ich gar nichts. Wenn Sie erlauben, bleibe ich noch hier:
Marlene war für meinen Mann und mich die einzige
Deutsche, die wir mochten ...

Sie lacht.

Um ehrlich zu sein, die einzige Deutsche, die wir k a n n t e n.
Muß leider argwöhnen, mein Mann kannte die Dietrich
vielleicht sogar ein bisschen zu gut.

COCO, *lacht:*
Wirklich? Eine doch mindestens 15 Jahre Ältere!

JACKIE, *aggressiv – einfach von Natur: Frauen können Frauen nicht leiden, Männer keine Männer, besonders dann, sind die im gleichen Beruf erfolgreicher:*
Wundert mich überhaupt nicht, die nimmt doch,
wen immer sie noch kriegen kann,
Hauptsache, er ist in der Presse – und bringt
auch s i e endlich wieder in Zeitungen.

COCO, *wieder ihr charakteristisches Lachen:*
Ich glaube, wichtiger noch ist ihr, er ist nur halb so alt
wie sie. Und, ja, wie Sie sagen: Noch in der Presse,
sie ja fast gar nicht mehr ...

JACKIE: Wie dem auch sei, bin gespannt, nicht
ohne Genugtuung, zu sehen, wie sie gealtert ist ...
Die weiß schon, weshalb sie Hüte trägt, groß wie
Segelschiffe – was lenkte besser ab vom Gesicht!

COCO, *weil selber schon alt, will dieses Thema loswerden:*

Übrigens finde ich das Aquamarin sehr schick.
Doch auch Lila.

JACKIE, *bemerkt, daß Chanel zu ihrem Kostüm Stiefeletten trägt:*
Oh, ihre Stiefeletten, Madame, sehen aber sehr interessant zum Kostüm aus.

COCO: Ja, ist bequemer so.

Coco läßt Jackie stehen und holt noch mal das Musterbuch, was sie ihr dann aufschlägt, wieder werden die Stoffe und Farben ausgesucht. Die Mulattin hilft Stoffe falten.

COCO: Und als Futter nehmen wir dann Seide in ...

JACKIE: Nehmen Sie doch bitte ein helles Rosa zu Bordeaux
und helles Grün zu Türkis.
Ich mache hier keine Vorschriften, ganz im Gegenteil
– bin völlig angewiesen auf Ihren Rat.

COCO: Danke, danke, doch vergessen Sie nicht, ein schönes Modell inspiriert die Schneiderin mehr als umgekehrt.

JACKIE, *lacht:*
Soll oft bei Malern so gewesen sein. Doch leider haben
momentan die Gegenstandslosen vor allem die Akte aus der

Kunst beseitigt! Wie den Menschen überhaupt.
Der Akt war schließlich in allen Epochen das Meistgemalte.

COCO, *sarkastisch:*
Hat sich sehr gerächt an der ganzen Richtung, daß sie total
den Menschen ignoriert – sie wird schon jetzt
von der ganzen intellektuellen Jugend überhaupt nicht
mehr angeguckt: Fragen Sie einen Twen,
ob Mädchen, ob Junge, wer Gegenstandslose,
auch nur einen einzigen, noch kennt? Keiner!

JACKIE: Ja, Totalitäre gehören damit bestraft, daß man sie abschafft:
Die Abstrakten haben 30 Jahre fertiggebracht,
daß jeder, der noch ein Pferd, Po oder Kopf malte,
als Epigone ausgelacht, ja verschrien wurde,
in vielen, ja nahezu in allen Galerien, die «in»
sein wollten, gar nicht mehr ausgestellt!

Coco zitiert jetzt wörtlich, obwohl sie vermutlich niemals von Wilhelm Busch gehört hat, dessen lakonische Diagnose:

COCO: «Der Ruhm, wie alle Schwindelware,
hält höchstens 25 Jahre.»

JACKIE, *lacht:*
Lustig, war ja schon immer dieser Mangel an Selbstironie
bei denen, die Kreise, Quadrate, platte Flächen

oder einfach Wirrwarr als Kunst bezeichnet haben
– was für ein Segen, daß keiner mehr hinguckt.

COCO: Werden aber noch immer bis in die Hunderttausende
versteigert!

JACKIE: Daß keinem von denen je auffiel, ihr Tun und Treiben
selber als «gegenstandlos» zu denunzieren,
ist doch der größte Witz:
Eine furchtbare Selbstbezichtigung, ohne jedes Gespür,
was ihnen da für ein Freud'scher Versprecher zustieß.
War mit John einig, als diese Mode obenauf kam,
ja terroristisch zur Alleinherrscherin wurde,
nie im Weißen Haus so Zeug aufzuhängen.

COCO: E i n e s aber ist den Gegenstandslosen gar nicht
hoch genug anzurechnen:
Nie ist die Textil-Industrie stärker befruchtet worden
als durch d i e: Wer hätte uns Designern je
zu interessanteren Mustern verholfen?
Wie viele Paul Klee-Bilder schmücken jetzt den Po
schön gewachsener Damen!
Gut, daß wir davon sprechen, denn nur so fällt mir ein:
Da habe ich eventuell was für Sie ...

Hier können noch zwei andere Varianten der Kostüme, nicht von Coco Chanel kreiert, anprobiert werden.

JACKIE: Ja, daß Moden anderen, neuen Platz machen müssen,
hat sicher seine Logik – also okay, daß die Abstrakten
nur noch in der Textilindustrie weiterleben,
nicht in der Kunst, wo sie immer Fremdkörper waren.
Dagegen macht mich traurig, las neulich die Chronik
der Buddenbrooks-Manns, daß auch Familien,
immer uralte, haben sie endlich einen hervorgebracht,
der Kunst konnte, meist schon in dessen Generation aufhören:
Katja Mann war achtmal schwanger, zog Sechse auf,
hatte aber nur noch zwei Enkel!

COCO: Bei uns sagt der Volksmund – vermutlich
sagt er das überall: Unter einem großen Baum
wächst nichts.

JACKIE: Nein – das trifft bei Thomas Mann nicht zu.
Die Bücher Golo Manns, Historiker, sind keineswegs
weniger wert als die vom Vater und von Onkel Heinrich.

COCO: Und der hatte auch Kinder?

JACKIE: Nein, war schwul – hörte also auf. Aber wovon wir reden,
das trifft doch keineswegs nur auf Künstler zu,
sondern Berühmtheiten generell: Welcher Sohn eines
Präsidenten wurde jemals Präsident oder hat das auch nur
versucht? Keiner. Glaube, das ist genuin bedingt,
bei Mädchen wie bei Jungen. Wir handeln doch dem Rat

unsrer Eltern nicht d e s h a l b zuwider, weil der doof ist, sondern weil er von den Eltern stammt.

COCO: Richtig so, sonst würden wir uns ja alle nie abnabeln.

JACKIE: Da fällt mir noch ein, als Golo Manns Deutsche Geschichte in New York erschienen ist, da sagte er im Fernsehen, sagte das so wie die Frage: Wo kann man hier gut essen, wörtlich, hat mich schockiert: «Natürlich konnte ich kein gescheites Buch schreiben, solange mein Vater lebte.»

Der Autor hält hier für nötig, zu bezeugen, daß Golo Mann dies zu i h m sagte, denn er hat keinen Beleg, daß Frau Kennedy Golo Mann gekannt hat.

COCO: In der Jugend hat man Liebeskummer, im Alter Kummer mit den Kindern – spreche da leider unzuständig, da ich keine habe, sehe das aber bei fast allen Nachbarn.

JACKIE, *lacht:*
Offenbar ist das Leben nicht dazu da, es uns Menschen recht zu machen. Übrigens interessant, Coco, mit Ihnen zu sprechen – merkte ja vorher schon bestürzt, wie wenig wir Amerikaner von Europa wissen.

COCO: Vermute, umgekehrt genauso. Wer hat nicht mit seinem eigenen Volk Scherereien genug?

JACKIE: Jedenfalls höchst aufschlußreich, was Sie
von Ihren Bedrohungen hier in Paris erzählten,
nur weil Sie die Geliebte eines Deutschen waren,
der als Hitler-Besatzer hier herumstolzierte.
Tut Kriegverschonten wie mir immer gut,
davon zu hören, was die mitmachten, die selber
in solche Konflikte geraten sind,
von denen man selbst nicht einmal träumt.

COCO: Dincklage, so hieß mein deutscher Lover, fand,
ob Weibchen, ob Männchen mache kaum
einen Unterschied – doch ob jemand durch K r i e g
fast umkam oder aber zeitlebens vor sich
h i n s c h w e i z e n oder wie in Schweden leben durfte,
allein d a s unterscheide alle Menschen.

JACKIE, *bedenklich:*
Man weiß eben gar nichts: Glauben Sie,
ich, aber auch mein Mann hätten je
im geringsten ahnen können, er bliebe nur zwei Jahre
im Weißen Haus?

COCO, *schnell, da Jackie wieder in Tränen:*
Gestatten Sie mir eine Frage.

JACKIE, *lacht:*
Was hätte ich zu gestatten – n u r Indiskretes
lohnt, drüber zu sprechen! Was meinen Sie?

COCO, *sehr ernst:*

Daß nun immerhin der Mord fünf Jahre her ist
– trotzdem amtlich noch behauptet wird,
dieser Oswald ...

JACKIE: Hat doch keiner fünf Minuten an diesen armen Hund,
den man in das Schulbuch-Lager stellte, geglaubt.
Schon der einzige Ernstzunehmende, da kein Yankee,
de Gaulle, sagte sofort und Gott sei Dank sogar
in aller Öffentlichkeit, was natürlich nur deshalb
von der Einheits-Weltpresse nicht unterdrückt wurde,
weil de Gaulle noch als amtierender Ministerpräsident
sprechen konnte – kann's fast wörtlich auswendig:
«Man hat sich auf diesen Kommunisten gestürzt,
der nicht daran beteiligt war, ein herrlicher Angeklagter,
man wollte ihn auf der Stelle erschlagen,
bevor die Polizei eingreifen konnte.»

Chanel hat mit den Fingern die Anführungsstriche markiert, legt Jackie ein Tuch um, bindet eine Schleife, bindet sie wieder ab. Dann holt sie aus einer edlen, geschmackvollen Schatulle, die sich neben den Stoffproben befindet, Perlenschmuck – sie streift Jackie noch ein, zwei Perlenketten um, passende Perlenohrringe aus eigener Kollektion.

COCO: Schlicht ist einfach schöner.

Legt Jackie noch passende Perlenohrringe aus eigener Kollektion und Perlenarmbänder an.

Mögen Sie das, Jackie?

JACKIE: Es ist phantastisch!

Jackie nimmt erneut Champagner, den die schöne Mulattin ihr hinhielt. Und Chanel setzt ihr eine perlenbesetzte Pillbox auf.

JACKIE: Ich bin begeistert, Coco! Danke. Ich mag es total.

Chanel hatte Handschuhe schon parat gelegt, die ihr die Schöne, übrigens nur sehr luftig-sparsam Angezogene, jetzt reicht.
Jackie probiert sie, läuft herum, kann sich dank der Spiegel von allen Seiten begutachten, faßt auch ans Hütchen – sehr zufrieden mit allen diesen Angeboten.

JACKIE: Großartig! Wann kann ich es ausführen?

COCO: Letzte Nähung muß noch folgen. Zu Ihrem Frühstück ist es aber pünktlich im Ritz! Chérie?

ISABELLE: Frau Dietrich!

Marlene steht schon da, auf halber Treppe, kurzes Auflachen.
Isabelle hilft ihr aus dem Mantel, trägt ihn weg, ihren Hut behält Marlene auf.

MARLENE: Bin zu früh! «Unangenehme Leute», beginnt
Mary McCarthy ihren Roman «Die Clique»,
«kommen zu früh.»

Sie hat den dreien die Hand gegeben. Um das vorab zu sagen: Hier wird sich nicht abgeleckt. Die erst um 1980 eingerissene Peinlichkeit, daß sich Leute, kaum daß sie einander einmal begegnet sind, fortan umarmen, ja küssen, gerührt, als ob ein Kind umgekommen, das beider Enkel war, soll hier bitte nicht mitgemacht werden! Obgleich seither weltweit «in».
Außer in der Kleidung machen Männer stets die Mode der Frauen nach, die auch diese Albernheit einführten. Doch hier und heute begrüßt man den anderen per Handschlag.

MARLENE: Frau Kennedy – sicher teilen Sie meine Meinung,
ich sage es zu Frau Chanel immer wieder, bin ja schon
ewig ihre Kundin: Das ist ein Imperium,
dieses Haus Chanel!

JACKIE: Ja, bin stumm vor Bewunderung – und doch wohl alles
selber erschaffen, obgleich als Kind nicht
mit Reichtum gesegnet: American Dream in Frankreich.

COCO, *lacht:*
Jackie, so schreibt man Legenden – nein, ganz anders,
ich wurde als armes Näh-Mädchen die Mätresse,
neben vielen, auch vom Herzog von Westminster:
Und allein der hat mir das alles finanziert.

Marlene, *lacht:*
Wer's kann, dem kömmt's, sagt unser Luther.
Nein, nein, das ist schon I h r e Leistung,
Frau Chanel – nie zu gering von sich denken.

Alle vergnügt.

Marlene, *belustigt:*
Den Herzog von Westminster trifft auch nicht einfach jedes
x-beliebige Nähmädchen! Immerhin resümierte Malraux,
Frankreichs größter Dichter neben Sartre, auch de Gaulles
Kulturminister: Sie, Coco, Picasso, de Gaulle
– allein ihre Dreie repräsentierten in der Zukunft
das Frankreich des 20. Jahrhunderts!

Coco, *geniert:*
Könnte nur stimmen, würden Sartre, Camus, Anouilh dazugezählt!
Ja, mein Parfum könnte überleben, – vielleicht ...
Meine Kleider bestimmt n i c h t, denn gab's noch nie,
daß Mode nicht wechselt, auch nötig so.

Jackie: Aber, leider, von den eben Genannten kenne ich
auch schon Zweie gar nicht mehr:
Der Ruhm fliegt offenbar sehr schnell – nämlich w e g.
Trotzdem richtig, das Malraux-Zitat, das ich
natürlich auch nicht kannte: Ist durchaus Ihr Verdienst,
Coco, dies Mode- und Parfum-Imperium, ohnegleichen.

MARLENE: Immer nur Einzelne, meist in ihrer Jugend zu kurz
Gekommene, denen Originales einfiel:
Wer alles hat, warum sollte der suchen?
Erst Not macht's nötig.
Doch wollte fragen, was muß man lesen von Malraux?
Ich wußte zwar, das hat er über Coco gesagt,
doch las von ihm noch nie ein Buch,
kenne dies Lob nur aus einem Interview.

COCO: «So lebt der Mensch», ein Roman.
Dann viel Theoretisches über die Künste.
Habe da selber auch kaum reingeguckt,
bin eine sehr schlechte Leserin.

MARLENE: Dazu kann ich nur sagen: Wir alle,
die Produktiven, sind miserabel
als Konsumenten – die müssen sich sogar
hüten, Mitlebende zu genau zu studieren:
Sonst passiert's womöglich, daß sie Kopisten
werden. Lieber gucken, was die Generation
der Großeltern veranstaltet hat – und was stets
zu Unrecht zu schnell vergessen wurde!
Dieser Rückblick kann sehr inspirieren.

JACKIE: Die Revolution jedenfalls, der Sie, Coco,
die Kleider unterworfen haben, wird nur abgewandelt
werden, doch bestimmt nie rückgängig gemacht,
bestimmt nie als Revolution vergessen.

Coco, *lacht:*

Bin schon so alt, kam im gleichen Jahr zur Welt
wie die Brooklyn Bridge – die erste Hängebrücke –,
und ich wurde die erste Schneiderin, die aus engen Kleidern
Hänger machte und die verdammten Korsetts abschaffte!

Marlene: Ja, eben, weil Sie die geborene Revolutionärin sind.

Coco: Mode hängt auch in der Luft, allein
entdeckte man sie gar nicht.

Marlene: Und ich gab Ihrer Hose meinen Namen, weil ich als Erste
eine getragen habe.

Jackie: Mir sagt man nach, ich hätte die Pillbox durchgesetzt
– was natürlich nicht stimmt: Durchgesetzt wurde sie,
weil ich an der Seite des Präsidenten gehen durfte!

Marlene: Immer so – kein Mensch setzt allein etwas durch!
Was sollte ein Stückeschreiber machen, fände er kein Theater?

Coco: Und was eine Schneiderin, führten nicht Prominente
spazieren, was sie entworfen hat – vorher war das doch
gar nicht «in».

Jackie: Eigentlich schrecklich, diese Feststellung – heißt ja,
eine Sache ist noch nicht an sich etwas wert,

was sie aber doch tatsächlich i s t, sondern erst d a n n,
wenn ihr allgemein ein Wert zugebilligt wird.

MARLENE, *lacht:*
Das nennt man die Heiligsprechung durch die Mode!

COCO: Und wer bestimmt, was in Mode k o m m t?

MARLENE: Mode wird bestimmt, glaube ich, von denen,
die überhaupt alles bestimmen – den Herrschern!
Oder auch nur den Alten, denn der Volksmund sagt:
Wie die Alten sungen – so die Jungen!

JACKIE: Was aber doch nur h a l b wahr ist wie alles:
Nicht die Jungen, sondern die M i t l e b e n d e n
kopieren ihre Herrscher – die Jungen,
im Gegenteil, werfen schon Vorhandenes
über den Haufen – sehr nötig.

MARLENE: Mit den Herrschenden – das ist aber nicht ganz verkehrt,
erlebte ich selbst als Berlinerin mit dem Adlon,
als ich noch Kind war: Das Kaiserpaar weihte das Hotel ein,
sie brauchten im spießigen Preußen endlich eins
für Staatsgäste. So rettete der Kaiser Herrn Adlon,
der, wie das meist passiert, beim Richtfest
schon pleite war, weil fast alle zu groß bauen ...

COCO: Deshalb es immer schlauer, man baut nicht,
sondern *kauft* ein Haus, das es schon gibt.

MARLENE: Kurzum, wird erzählt, kann ja trotzdem stimmen:
Zum ersten Mal im Leben sahen die Majestäten
fließendes Wasser sogar in den *Zimmern*,
was dann auch fürs Schloß übernommen wurde!

COCO: Hat das Schloß den Bombenkrieg überlebt? Ich reiste natürlich
als eingefleischte Französin nie im Leben nach Berlin.
Und werde das auch niemals mehr tun als alte Schachtel
– obwohl meine größte Liebe ein Boche war.
Wir Franzosen nennen doch seit 1870
jeden Deutschen das Schwein. Dazu war Dincklage sogar
noch ein sogenannter Kriegsverbrecher.

MARLENE: Das Schloß war so wenig beschädigt wie das Brandenburger Tor.
Aber die Kommunisten haben es dann deshalb abgerissen,
obwohl der Pole Schlüter, der's gebaut hat,
der größte Barockarchitekt Nordeuropas war,
weil es ein Schloß war: Jede Zeit, wie jeder Einzelne,
man kann's nicht oft genug wiederholen,
ist *anders* albern. Konstant bleibt allein über
alle Epochen hinweg das *Quantum* der Blödheit.

Jackie: Damit komme ich endlich zur Frage, wollte sie
längst stellen: Wie jung waren Sie, und w e r
hatte den Instinkt – Sie zu entdecken?

Marlene: Josef von Sternberg, der Heinrich Manns «Professor Unrat»
verfilmte,
«Der blaue Engel» hieß sein Film.
Nach der Voraufführung setzte Heinrich Mann völlig entmutigt
die Brille ab und sagte nur: «Ich hoffe, die nackten
Oberschenkel der Frau Dietrich werden uns retten!»

Jackie: Dietrich ist Ihr Familienname oder ein Pseudonym?

Marlene: Ein ganz gewöhnlicher Name in Deutschland.
Mein Vater fiel als Hauptmann im Ersten Weltkrieg.

Jackie: Heißt das – noch für den Kaiser?

Marlene: 'türlich.

Jackie: Wie muß man sich ein Kaiserreich vorstellen,
eine Tyrannei? Amerikaner kennen doch Könige
nur aus Märchen, zum Beispiel den «Froschkönig».

Marlene: Die totale Freiheit – vor allem höchst kunstsinnig
waren alle Fürsten, weil jeder wußte, was noch keinem
Demokraten je einfiel: Nur durch G e b ä u d e,

also mit viel Kunst am und im Bau, unterscheiden sie
sich von allen Vorgängern und schaffen sich Denkmale.

JACKIE: Da muß ich tatsächlich rot werden: John,
jetzt auch Bob haben nie Architektur als Aufgabe
auch des Weißen Hauses erwähnt!

MARLENE: Muß Ihnen deshalb auch erzählen: Der Kaiser ging
ohne Bullen – im Abstand von zehn Metern folgte
ihm ein Offizier. Traf Wilhelm Untern Linden
seinen Opernchef, auch zu Fuß, sagte er zu Strauss:
«Wie sehen Sie aus, Sie müssen mal drei Wochen nach Florenz!»
Darauf Strauss: «Majestät haben doch sicher gelesen,
mir ist am Mittwoch der Furtwängler umgefallen.»
Darauf der Kaiser: «Richtig, dann müssen Sie ja am Freitag
Ihren ‹Rosenkavalier› selbst dirigieren!»
So lebten die damals – und so bauten sie auch alle,
unsre 20 Fürsten mit ihren Künstlern.
Dagegen demokratische Machthaber ihre Opernchefs
doch gar nicht kennen!

JACKIE: Ja, sehr übel, was Sie feststellen, weil leider wahr.
Aber warum bauen Demokraten so,
daß kein Gehäuse sich vom anderen unterscheidet?

MARLENE: In Deutschland – von Amerika kann ich nicht sprechen,
kenne es zu wenig –, weil da die meisten Bürgermeister
in der Wohnküche aufgewachsen sind,

wo auch gegessen wurde: Und das einzige Bild,
das sie in ihrer Jugend gesehen haben,
war folglich überm Küchentisch der Abreißkalender
der Brauerei, von der Papa sein Bier trank!
Regieren dann solche Leute eine Stadt, kommen die
gar nicht auf die Idee,
auch Kunst für die in Auftrag zu geben:
Keineswegs aus bösem Willen – nein!
Sondern kein Architekt sagt ihnen heute noch:
Dorthin gehört eine Plastik. Denn sie wollen ganz alleine,
also auch ohne Maler wie ohne Bildhauer,
ihre schauerlichen Einheits-Gehäuse hinstellen!

COCO, *lacht bitter:*
Gibt eben Kriegs- und Friedensverbrecher: Bei uns
in Frankreich heute ganz genauso – die Architekten
lassen Maler und Bildhauer an ihren
ununterscheidbaren Machwerken gar nicht mehr zu.
Ihr einziger «schöpferischer» Beitrag:

Hier hat sie wieder mit den Fingern ihre Anführungsstriche gemacht.

Klos ohne Fenster – Proleten!

JACKIE: Wahrhaftig, genauso in Amerika – gar keine
Architekten mehr, nur noch Glasermeister
seit 1950! Oder gibt's noch Fassaden,

ich kenne keine, keine einzige, auf denen
überhaupt Platz frei wäre für eine Plastik,
ein Fresko. Nein, nur Fenster, Fenster, Fenster
– doch Klofenster, Sie haben recht,
wurden von diesen Kunstfeindlichen «eingespart».

COCO: Stimmt, der absolute Stumpfsinn, fotogleich
nicht nur in Paris – in ganz Frankreich.

MARLENE, *hebt den Arm, ganz resigniert:*
Und ausgerechnet zu einer Zeit, da zum Beispiel
auf allen Flughäfen links und rechts der
ewig langen Rolltreppen, der Wartehallen,
mehr weiße Wände sind als je zuvor
– doch so stumpfsinnig stimmen alle überein,
Kunst sei dort im Wortsinn «unangebracht»,
daß keinem einfällt, Kunst anzubringen ...
Obwohl jeder Politiker heute unzählbar
mehr Geld hat als einst jeder Fürst!

COCO: Trostlos, wäre ich nicht überzeugt, das muß
sich wieder ändern! Interessante Frage übrigens,
keineswegs nur die Architektur betreffend,
sondern jede Mode und zu allen Zeiten:
Wer bestimmt, wie lange solche Ticks
an der Macht bleiben? Eine Generation oder dreie?

MARLENE, *spricht jetzt ein Gedicht, doch so berlinisch-prosaisch, daß sie selber so wenig wie ihre Hörer den Eindruck haben, das sei eins:*

Für den Tag und die Stunde

– sei grundsätzlich genug, statt sich einreden
wie solche Leute, die noch beten,
von allem, wofür du krummgelegen

oder von dir oder mir oder jedem Tier:
Bleibe mehr als vom gestrigen Regen!
Sich abfinden mit unserm Verschwinden
geht zwar nicht – doch hilft da verdrängen ...
Ist klug wie meist der Selbstbetrug
– willst du dir 's Leben verlängen.

JACKIE: Sicherlich – denn jede Qualität hängt doch auch
ganz von dem ab, was eine Epoche qualitätvoll
findet, aber schon die nächste nur deshalb scheußlich,
weil's die vorangegangene gut fand.
Denn gibt keine absoluten Maßstäbe – alle zeitbedingt.
Vorurteilsfrei, schon aufgrund seiner Herkunft,
kann kein Mensch urteilen.

COCO: Ganz bestimmt so, weil ja die Abschaffung
eines Stils stets erst durch jene Generation erfolgt,
die das, was ihre Eltern oder Großeltern für gut

befunden und deshalb durchgesetzt haben, nur noch für blöd
halten.
Weil sie – und das ist ganz natürlich –
s i c h endlich zum Ausdruck bringen wollen und müssen.
Und bei meinem Job, den ich ja nicht für Kunst halten kann,
dauert eine Mode natürlich n i e eine ganze Generation
oder zweie, bis sie völlig weg ist vom Fenster.
Meinesgleichen hält nichts länger als 30 Jahre:
Lebte ich von Hüten oder Kleidern, ich wäre längst verhungert.
Ich kann leben, weil Parfum nicht verwelkt, auch Ketten
und sonstiger Krimskrams nicht ganz so schnell.

Alle lachen.

MARLENE: Aber Coco, Sie in der Modebranche
müssen doch s e l b e r ständig dafür sorgen,
daß die Leute denken, sie könnten
das von gestern heute nicht mehr anziehen!

COCO: Auch das ist wahr – weil es eben überhaupt keine Wahrheit gibt,
die ohne ihren Widerspruch allein stimmt, außer Banalitäten
wie Essen oder Trinken.

MARLENE: Wird so sein, wir hatten einen großen Dichter, den hier
kein Mensch kennt – Ihr Franzosen seid ja immer
zu arrogant gewesen, gar nicht zu übersetzen oder gar Bilder
ausländischer Nationen auszustellen, in keiner eurer Galerien
ein deutsches Bild – dieser Dichter namens B e n n

war Arzt und erzählt von einem Patienten, Jude,
der habe stets gesagt: «Kann auch so sein!»

COCO: Genau. Das ist alle Philosophie, die ich habe
– sonst weiß ich keine.

JACKIE: Aber wenn das stimmte, was Sie sagen, Coco, dann gäbe es ja
überhaupt keine a b s o l u t e n, überzeitlichen Maßstäbe?

COCO: Richtig, Jackie – gibt keine. Keinen einzigen Hut
vom Vor-Vorjahr könnte ich in d i e s e m Herbst
noch loswerden, obwohl doch ich, die ihn gemacht hat,
ebenso wie die, die ihn spazieren trug,
uns einbildeten, er sei zeitlos schön, also erneuerbar.
Ist er n i c h t !
Obwohl doch aller Welt, als er neu war,
noch gar nicht die I d e e kam, nächstes Jahr sei er
so wenig mehr da wie's Laub vom Vorjahr.

MARLENE: Leider nur zu wahr: Die schönsten Kleider
meiner Mutter, die ich als Kind noch bewundert habe
– ich hätte doch kein einziges getragen, als ich dann 18 war.
Fast – nicht ganz so radikal schnell – sind ja unsre Filme weg.

JACKIE: Studierte ein bißchen Kunstgeschichte:
Malerei, Musik, Plastik –
zwar gewohnheitsmäßig als «ewig» beschönigt
– weg wie schließlich auch Menschen nach 70 Jahren!

Coco: Ein schauerlicher Maßstab, diese 70:
Dachte ich in der Jugend, sehr naiv, mit 70 wird man dann
auch genug haben – ist man dann so alt, schnell genug,
denkt doch jeder, zwei, drei Jahre könnte ich noch leben.

Marlene: Sogar ähnlich mit Häusern und Mauern – die stehen
zwar viel länger als Menschen,
doch was nicht neu ist, sagte ein großer Architekt in Deutschland –
einer namens Schinkel, den außerhalb Berlins niemand kennt –,
ist überhaupt keine Kunst.

Coco: So grausam wie wahr – ich schlage vor, wenn ich bitten darf:
Wir pausieren. Mrs. Kennedy, Sie sehen sich in Ihren Farben
vielleicht schon in einer Viertelstunde
wieder sehr anders als jetzt ...

Jackie: Ist das so? – Mir interessant, dachte nie daran.

Sie setzen sich rechts vorn an der Rampe an den Teetisch, Design des Dänen Arne Jacobsen, den 1953 die Erfindung Egg Chair berühmt gemacht hat.

Coco: Natürlich – Sie sollen auch testen. Sitzen Sie so gut in dem Kleid,
wie es prachtvoll ist, wenn Sie in ihm stehen?
Und darf ich noch fragen, worauf doch die Welt wartet –
wann schreiben Sie Ihre Memoiren?

JACKIE, *lacht:*

Memoiren? Werde wöchentlich gefragt, nein – nie!
Lücken sind auch Lügen – und Lügen schreibe ich keine.
Und das einzige Tragische, was ich erlebt, dem hat ja die Welt
genauer zugesehen, als ich je darüber sprechen könnte.

COCO: Hörte vorige Woche, die wollen in Hollywood das Leben
der Alma Mahler-Werfel verfilmen, wäre das erste Mal,
daß die Biographie einer noch Lebenden ins Kino kommt,
sogar einer Deutschen!

MARLENE, *lacht:*

Einer Deutschen? Das würde sie sich verbitten, sie ist
die Kreation der Wiener Sezession!
Und schrieb tatsächlich das fundierteste Buch einer Witwe
über ihren Mann – sie hat Mahlers Ruhm sichergestellt.

Strawinsky betritt die Bühne. Er küßt den Damen die Hand – aufs Altmodisch-Übliche: Seine Lippen berühren n i c h t die Haut ...

STRAWINSKY, *sarkastisch:*

Übertrieben: Sichergestellt hat den seine 5. und 9.
– aber sie war seine ihm unentbehrliche Gefährtin.
D e r Inbegriff der Muse. Eine wirklich bedeutende Frau.

JACKIE: Und ihre Tagebücher sind die schamlosesten,
auch ins Englische übersetzt – sprich, die einzigen ehrlichen:

Ihre Beschreibung, wie sie in Sehnsucht an den Bullen Klimt
sich wund onaniert. Hat keine andere gewagt.

MARLENE: Habe auch ich bei keiner sonst gelesen.

Alle lachen, Alma Mahler-Werfel bewundernd.

COCO: Gibt's diese Journale auf Französisch?
Kann ja leider weder Deutsch noch Englisch.

STRAWINSKY, *wieder sarkastisch:*
Gibt verschiedene Wege, sich in die Unsterblichkeit
zu schreiben. Aber kam nicht noch ihre Tochter in ein Hitler-KZ?

MARLENE: Das verwechseln Sie, glaube ich, mit Thea Sternheims
Tochter. Alma Mahler war eine idiotische Antisemitin,
wie fast alle Wiener, obgleich zweimal mit Juden verheiratet.

COCO: Aber nur, weil die Berühmtheiten waren: Namenlose
– nie hätte die Alma so einen geheiratet.

STRAWINSKY: Warum auch, gibt's nicht berühmte genug?

MARLENE, *lacht:*
Da halte ich's mit Churchills Mutter, die's zweimal
praktizierte, erzählte ich schon – entschuldigen Sie,
alt sein heißt, sich wiederholen:
Na jedenfalls, die machte es nicht anders: Noch zweimal

weltstadt-bekannte Männer geheiratet, die jünger waren als ihre Söhne!

COCO: Ja, so 'nen Rentner im Bett – dann doch besser keinen!

MARLENE: Womöglich auch noch einer, der von der Rente der Frau lebt ...
Und sie natürlich anstänkert, weil sein Stolz das doch nie erträgt.

COCO: Stellt man sich Ehen vor, kann man nur staunen, daß die als Institution nicht schon längst ausgestorben ist.

STRAWINSKY: Nur natürlich, weil's für keinen eine größere Angst gibt als die vorm Alleinsein, besonders im Alter.

JACKIE: Dem Vortod, sagte meine Oma. Wohl wahr.

MARLENE: Da ich Sie hier schon sprechen darf, Frau Kennedy
– ich hatte schließlich selbst eine kleine Tochter:
Wie werden Ihre Söhne fertig mit ... mit dem Novembertag
– oder bedrückt diese Frage ... Sie zu sehr?

JACKIE: Die muß ich mir doch dauernd selber stellen!
John liegt ja in Arlington.

MARLENE: Dem Soldatenfriedhof ...

JACKIE: Ja, gingen, waren erst vier und sechs, hinter dem Sarg ...
so konnte ich ihnen sagen: Euer Vater ist gefallen als Soldat,
er war immer Soldat, erst gegen Japan, da wurde er schwer
verwundet
– dann, ja, das erwähnen wir nie.

Ganz anders plötzlich, gar nicht mehr elegisch, sondern zornig:

Kann ja auch gar nicht darüber sprechen, weil man hierzulande
mit m i r ganz besonders blinde Kuh spielt
– wie mit der ganzen Nation.
Der Ruhm und der Tod des Präsidenten haben
eine und die selbe Ursache:
Unser Militär daran hindern, wegen Kuba
einen neuen Weltkrieg anzuzetteln.
Unser Militär m u ß so «tüchtig» sein,
weil unsre Waffenindustrie, wie in keiner Nation sonst,
51 Prozent des Etats verlangt, dank der Lüge,
sonst gäbe es mehr Arbeitslose.

Beide schweigen, sie braucht wieder ihr Taschentuch.

Der Autor verdankt viele seiner Angaben zur Ermordung der Brüder Kennedy der gründlichen Recherche und Unterstützung durch Erik Kan. Denn viele Informationen sind nur schwer zugänglich oder so stark verstreut, daß sie einer breiten Öffentlichkeit nicht bekannt sind. Zudem werden sie sehr häufig als Spinnerei verleumdet. Deshalb erwähnt die offizielle deutsche Einheitspresse sie auch nie.

Auch die US-Nation hat sich stillschweigend darauf geeinigt, gegen besseres Wissen, die staatlich geheiligte Lüge zu akzeptieren, beide Brüder seien durch fanatische Einzeltäter beseitigt wurden, auch wenn deren keiner tatsächlich ein echtes und glaubwürdiges M o t i v hatte!

Umso geeigneter aber waren sie beide dank ihrer B i o g r a p h i e und H e r k u n f t sehr instinktsicher ausgesucht als Sündenböcke: Der Kommunist Oswald hatte jahrelang in Rußland gelebt.

Der 24-jährige Palästinenser Sirhan Sirhan, der angeblich Bruder Robert erschossen hat (ebenso «alt» war van der Lubbe, als der angeblich den Reichstag ansteckte), soll die pro-israelische Haltung Kennedys verurteilt haben.

Zwar gibt es keinen USA-Bürger, sofern der lesen kann, der das glaubt – darum aber umso eifriger, sofern sie diese nationale Schande überhaupt noch thematisieren, machen alle einheitsverdummt jeden verächtlich, der die Staatsdoktrin über diese zwei «Mörder» in Frage stellt. Zwar nicht unbedingt physisch totgemacht wurde – wie Hitlers «Reichstagsanzünder» van der Lubbe –, wer in den USA die zum Dogma gewordene Verleumdung der zwei anzweifelt, jedoch m u n d t o t. Keine einzige Zeitung würde neue Forschungsergebnisse drucken.

Das Tonband-Gespräch, das der Historiker Arthur Schlesinger schon wenige Wochen nach Ermordung des Präsidenten 1964 mit dessen Witwe führte, kam nur unkomplett in sein Buch.

Auf verständlichen Wunsch von Jackie Kennedy wurde es tatsächlich erst 50 Jahre «post festum» publiziert, wegen ihrer Befürchtung, sonst würden auch sie und ihre Kinder ermordet vom Weißen Haus – denn Frau Kennedy war überzeugt von Vizepräsident Johnsons maß-

geblichem Anteil am Attentat – als der bedeutendste seiner Nutznießer.
Auch ist bestätigt, daß Johnson dem Freud'schen Versprecher verfiel, wie Lady Macbeth zu sagen: «Ausgerechnet bei uns zu Hause.» (Dallas war der Wahlkreis Johnsons.)
Im 1965 erschienenen Buch Schlesingers über seine Gespräche mit Jackie Kennedy durften alle diese erst 2014 publizierten Belege noch nicht genannt werden – doch, wie das immer so ist, nach 50 Jahren, jetzt da sie veröffentlicht sind, interessieren sie keinen mehr!
Schon deshalb nicht, weil sie ja durch den Tod der Beteiligten gar keine Konsequenzen haben können.

Man muß leider verallgemeinern, Völker verzeihen sich sehr schnell ihre Mord-Orgien: So hat sich in 300 Jahren noch kein namhafter US-Historiker gefunden, die nazihaft gründliche Ausmordung der Indianer zu beschreiben, die ja erst die Grundlage «schuf» für «The Brave New World»!
Ebenso fand sich kein Deutscher, noch 75 Jahre nach Hitlers Tod nicht, der zum Historiker von dessen «Endlösung» wurde. Sondern der Brite Reitlinger und die polnischen Juden Poliakov und Wulff schrieben die entscheidenden Chroniken.
Der polnische Rabbiner Wulff, dessen Familie 1943 nach Krakau (eines der Tarnworte für Auschwitz) deportiert wurde, mußte sich 1974 in West-Berlin das Leben nehmen, um nicht zu verhungern, denn alle seine Dokumentarbände zur Ausmordung der Juden, in Deutschland und vielen anderen Ländern einst vielfach verkauft, brachten ihm längst nichts mehr ein. Berlin, da nicht «zuständig», obwohl Wulff

jahrzehntelang in dieser Stadt geschrieben und gelebt hatte, lehnte eine Rentenzahlung «an den Polen» ab.
Die jüdische Gemeinde Berlins zeigte ihm ebenso amoralisch die kalte Schulter, weil in seinen Dokumentationen mehrfach zum Ausdruck kam, daß leider auch so sich nennende «Judenräte» in vielen Fällen mit den SS-Mördern kollaboriert hatten – bis sie dann «zum Dank» selber an die Reihe kamen und ermordet wurden ...
Noch zur Literatur über die Ermordung der Brüder Kennedy:

Zum Beispiel im August 2016 fanden sich dazu im Internet mindestens ein Dutzend Neuerscheinungen – die jedoch in den USA offenbar in keiner führenden Zeitung erwähnt wurden, weil jeder, der das versuchte – ohne jede Chance, einen solchen Artikel prominent zu platzieren – durch die eigens dafür erfundene Vokabel «Verschwörungstheoretiker», wie schon gesagt, systematisch lächerlich gemacht wird ...
Hier eine kleine Auswahl von Büchern über die Hintergründe der Kennedy-Ermordung: James L. Swanson, «The President Has Been Shot», Stefano Vaccara, «The Man Behind the JFK Assassination», Mark Lane, «Last Word – My Indictment of the CIA in the Murder of JFK», Anthony Summers, «Not in Your Lifetime – The Assassination of JFK», Jesse Ventura, «They Killed Our President», Jonathan Mayo, «The Assassination of JFK – Minute by Minute», Jim Marrs, «Crossfire – The Plot that Killed Kennedy», James Hepburn, «Farewell America – The Plot to Kill JFK» ...

COCO, *hat Mühe das zu sagen:*
Natürlich habe ich's gewußt, daß wir, ist ja ganz unvermeidlich,
auf dieses Thema kommen ...

MARLENE: Kann ja nur Gerüchte kennen, darf ich fragen:
Ist das wahr, Frau Kennedy, daß Ihr Gatte immer schon
Militär und die Geheimdienste als Feinde hatte?
Und daß die beiden womöglich seinen Tod w o l l t e n?

JACKIE: Wenn John etwas anfing, war er Optimist:
«Sonst wird's nichts!», sagte er.
Wo er aber n a c h dachte, war er Pessimist,
zum Beispiel war er a u ß e r sich
über unsre nationale Selbstgefälligkeit, daß wir in 200 Jahren
keinen einzigen Historiker hervorbrachten, k e i n e n,
der's gewagt hätte, die Geschichte
unsrer Ausrottung der Indianer zu schreiben!

MARLENE: Genau wie wir Deutschen: Reitlinger, ein Engländer,
und zwei Polen, Namen vergessen, schrieben oder sammelten
die Dokumente über die Ausrottung der Juden – Deutsche nicht.

JACKIE: John sagte deshalb über die Deutschen:
Jetzt haben wir Ebenbürtige: Was die an den Juden
verübten – das w i r an den Indianern.

STRAWINSKY: Sie beide haben Kummer mit ihren Vaterländern
in der Vergangenheit – ich mit meinem, Rußland,
in der Gegenwart: Doch schauerlich, was jetzt im Westen

... gegen mein Rußland geschieht

Und er spricht nun dieses Sonett, als spreche er Prosa; als merke er selber nicht, daß er in Reimen redet:

– drängt einen das nicht in die Rolle des Kalchas,
der im Homer das Unheil auch der Griechen voraussieht?
Ebenso wie für die Trojaner Kassandra,

wie für die Nibelungen Volker, ihr Sänger?
Daß sie auch für die «Sieger» mit tödlichem Aderlaß
endet, die Eroberung Trojas! Und daß Amerikas

kriegslüsterne Vermessenheit: In 130 von 192 Staaten,
die auf der Erde sind, Militärbasen einzurichten:
Gegen wen denn noch, wenn nicht gegen mein Vaterland?

Er verneigt sich sogar vor Jackie:

Excuse me ... aber euer Kontinent hat seit über 100 Jahren
keinen Schuß gehört, kennt also Krieg nur aus dem Kino,
außer der halben Million Familien, denen in zwei Weltkriegen
in Europa, dann auch gegen Japan einer fiel.

JACKIE, *auch sie spricht, ohne es zu merken, gereimt:*
Nichts zu entschuldigen, wie wir ihm huldigen,
dem American Way of Life – natürlich nur peinlich,
unsre krankhafte Selbstzufriedenheit
– führt ganz automatisch zum Streit.

MARLENE, *belustigt wie alle:*
Was mich natürlich als Deutsche interessiert:
Wie sprach eigentlich der Präsident über uns?
Ehrenwort, ich erzähle das nicht weiter.

JACKIE: Immer mit einem Seufzer sprach er über euch Deutsche:
Verlieren die einen Hut auf der Autobahn,
schreien sie nicht nur eine neue Berlin-Krise aus,
sondern sind tief beleidigt, nimmt nicht die ganze Welt Anteil.

MARLENE, *düster:*
Ja, hysterisch zu sein, Nervensägen für uns und andere,
war immer die deutsche National-Eigenschaft.

COCO: Frau Dietrich – k e i n e r kann vergnügt
auf sein eigenes Volk schauen:
Warum ließen wir Franzosen uns von Hitler
binnen sechs Wochen überrennen
– haben aber 25 Jahre zuvor dem Kaiser ganze vier Jahre
heroisch standgehalten! Unbegreiflich so etwas.
Nicht schmeichelhaft, sich sagen zu müssen,
daß nur Briten und Amerikaner

durch ihre Normandie-Invasion uns freikämpften
– deshalb waren doch meine Landsleute,
das erzählte ich Ihnen vorher,
bei der Befreiung so viehisch-mörderisch
gegen jede Französin, die wie ich von einem
Deutschen verführt wurde!
Oder auch nur mit ihm redete.

MARLENE: Ja, keiner kann sein Volk nur dankbar angucken!

COCO: Doch, Engländer können das, entstellt, wenn sie sagen,
verzerrt vor Dünkel, als spuckten sie aus: t h e c o n t i n e n t.

MARLENE: Kann natürlich schon mit einigem Recht d a s Volk
so sprechen, das als einziges nie einen Krieg verloren hat.

STRAWINSKY, *sehr trocken und ironisch:*
Keine besondere Leistung – hat man als Panzergraben
die Straße von Dover, hat doch sonst kein Land!
Völker, genau wie Einzelne, bleiben sich nicht gleich.
Wäre ungerecht, die Deutschen h e u t e mit denen
unter Hitler zu vergleichen, die ihn liebten, bis er
als Ausländer ein Viertel Deutschlands verjuxt hatte!

MARLENE: Tatsächlich, der war so wenig Deutscher wie Napoleon
Franzose – sehr klug von euch ...

Das sagt sie zu Jackie:

daß niemand Präsident werden darf, der nicht
als Amerikaner zur Welt kam.

COCO: Wir alle reden übrigens deshalb so gern über Nachbarn
– weil jeder sich freut, einen zu haben, der uns von uns
selbst ablenkt! Mir haben zwei Engländer und dann
die Schweizer das Leben gerettet,
vor meiner sich so nennenden Grande Nation!

MARLENE: Wir bilden uns ein, aus Eitelkeit, was wir alles machen
– in Wahrheit macht das unser Schutzengel.

JACKIE, *bitter:*
Glauben Sie an einen? Warum dann ließ
meinen Mann seiner im Stich?

MARLENE: Weil er launisch ist wie das Glück und sowieso nur ebenso selten da.

COCO, *lacht:*
Schon gar nicht, wenn man ihn braucht.

STRAWINSKY: Brauchen tut man ihn doch immer – und merken gar nicht,
wie oft er seine Hand im Spiel hat, zum Beispiel jetzt meiner:
Bringt mich heute noch mit euch drei Musen zusammen.

JACKIE: Frau Chanel, Frau Dietrich sind Musen – alles, was sie tun, ist musisch – ich aber doch nicht.

STRAWINSKY, *ernst:*
Sie verkörpern, Frau Kennedy, die tragische Muse der Geschichte.

JACKIE: Ist die immer tragisch, die Muse der Geschichte?
Amerika und ihr Russen habt immerhin Hitler besiegt!

STRAWINSKY: Stimmt – aber wie viele Ihrer Jungen sind schon in den ersten Stunden der Landung in der Normandie gefallen!
Sah da neulich schauerliche Wochenschauen.
Und nur für Europa – was ging schließlich einen Farmer
aus Kansas oder Arzt aus New York oder Arbeiter aus
Los Angeles an, daß Hitler Paris besetzt hatte?
Kein Vergnügen, einer Großmacht anzugehören,
die ihre Söhne auf Schlachtfelder in ferne
Kontinente verschifft.

COCO, *sehr aufgebracht:*
Warum, verdammt, redet ihr alle dauernd vom Krieg?

STRAWINSKY, *endgültig:*
Weil Kriege immer sind, gemäß dem Heraklit:
Krieg ist der Vater aller Dinge.

JACKIE, *ablehnend:*
Wer sagt denn so etwas Scheußliches?

STRAWINSKY, *Schultern zuckend:*
Irgendein griechischer Übervater – mir nicht weniger widerlich, weil er ja leider recht hat! Warum reden denn zum Beispiel hier wir vier auch, sogar jetzt im tiefsten Frieden, den ganzen Nachmittag vom Krieg?

MARLENE: Ja, weil eben der Teufel überall ist, nicht der Vater, wie der Grieche schönt, nein, der Teufel aller Dinge.

STRAWINSKY: Mir kommt immer mehr der Verdacht: Krieg *ist*, weil langer Frieden Menschen auf die Nerven geht.

COCO: Sieht man doch in jeder Familie, jeder Werkstatt!

MARLENE, *bekam jetzt von Coco viele Hüte hingehalten, Jackie, Strawinsky gucken amüsiert zu, kommentieren auch mit kurzen Bemerkungen die schönen, immer originellen Hüte:*
In Ehen besonders, Streitlust, wie wir sie alle
im Leibe haben, wenn zu lange kein Ärger ist,
läßt Paare nur überstehen, bei freiem Ausgang
für alle beide. Problem, daß immer einer da ist,
der freien Ausgang gar nicht *benutzen* kann ...
Aber nur dann halten sie bis zur Eisernen Hochzeit
– das sind, glaube ich, 65 Jahre.
Ich schaffe das! Doch natürlich nur dank freiem Ausgang.

Alle lachen.

STRAWINSKY: Ja, bei uns Russen gibt's sogar den 70. Hochzeitstag – aber da kriegt jeder schon freien Eintritt in die Psychiatrie!

MARLENE: Von dem aber keiner mehr Gebrauch macht, weil jeder schon s o senil ist, daß er gar nicht mehr merken kann, wie sehr er in die Psychiatrie gehört!

JACKIE: Weiß nur, Kinder leiden maßlos, lassen sich die Eltern scheiden! Kannte zwei, die deshalb nie mehr zurechtkamen.

MARLENE: Hätte das meiner Tochter nie angetan, wozu denn scheiden, statt das erwähnte Fremdgehen für beide!

COCO, *lacht:*
Ja, weil natürlich zweite Verbindungen, erstens wegen der Renten, zweitens wegen der Kinder auch eheliche werden wollen!

STRAWINSKY: Da hilft nur, die Christlich-Bornierten zu zwingen, die öden Einehen abzuschaffen, die ja Mohammed nie verlangte ...

MARLENE: In jeder Familie dieselben Probleme.

STRAWINSKY: Was wir alle nicht einkalkulieren: Schon, um nicht mit dem Vater verglichen zu werden, wollen doch die meisten gar nicht werden, was der wurde. Töchter haben solche Berührungs-Ängste nicht ... übernehmen mit ihrem Mann einen Namen, den nicht ihr Vater trug.

MARLENE, *lacht:*
Richtig, Töchter verabscheuen umso lieber die Mutter!

COCO: Wie sprecht ihr von Kindern! Wünschte mir so sehnlich
wie vergebens eins. Wem vermache ich mein Geschäft?
Aber was einer hat, immer so, schätzt er n i e genug.
Jedenfalls sprechen Sie alle hier ein bißchen
zu selbstverständlich von Kindern,
nur weil sie alle welche haben.

MARLENE: Ein Trost aber doch, Coco, Sie können nicht
v o r a u s s e t z e n , hätten Sie Nachkommen,
die würden Ihr Geschäft übernehmen wollen:
eher im Gegenteil – wollen sich eher abnabeln von Ihnen.

JACKIE: Genau, schon weil Kluge ja wissen, sie können dieser Mutter
nicht das Wasser reichen.

MARLENE: Logisch – die Kunst ist weiblich.
Die M ü t t e r sind's immer – die Väter n i e, die Männer zu Künstlern machen.

STRAWINSKY, *ernst:*
Mag ja sein. Aber die Energie ist männlich – und ohne Energie
nützt Begabung wenig. Das ist richtig – doch vielleicht auch
notwendig: Macht mal die Männer nicht so schlecht,
nur weil ich hier allein bin, ihr aber zu dritt!

Ihr Frauen riskiert doch höchst selten so Halsbrecherisches
wie Mannsleute.

JACKIE, *lacht:*
Weil's immer in der Natur der Männer liegt, sich zu überschätzen?

COCO: Auch wahr – ja deshalb müssen wir ihnen auch manches nachsehen.

MARLENE: Ist so – fremdgehen zum Beispiel, was sie ja meist nicht tun,
weil die andere jünger ist als die eigene,
sondern weil sie's nötig haben.
Männer kommen nicht aus ohne Imponiergehabe.

COCO, *zu Strawinsky:*
Fühlst du dich jetzt ertappt? Vor allem, wenn's nicht mehr so läuft, ob beruflich, ob privat, was ihnen meist auch noch gleichzeitig zustößt, den alt werdenden Männchen.

STRAWINSKY, *zärtlich, küsst sie:*
Stimmt, was Marlene sagt, doch du hast mir solche Gefühle immer erspart.

COCO: Man tut, was man kann. Und auch will.

MARLENE: Hat man Glück – doch sonst, was man muß!

COCO: Wenn Picasso hier en gros einkauft,
bei Kleidern kommt er mit seinen Modellen,
mit den vielen Fläschchen reibt er sie natürlich ein,
alle, eh' er sie nimmt und malt.

Weist auf die Mulattin, die kann sie aber nicht hören:

Sie bittet er auch noch manchmal zu sich.

MARLENE: Picasso? Aber, der muß doch inzwischen
einige hundert Jahre sein!

STRAWINSKY, *sarkastisch:*
Das schließt sein Interesse an Schönen nicht aus:
Männer sind doch, im Gegensatz zu euch Frauen,
total schamlos.

MARLENE: Doch nichts schlägt sie seelisch so k.o., als wenn sie's
nicht mehr können – wir Frauen wollen
wenigstens auch nicht mehr,
können wir uns nicht mehr zeigen.

Wieder Gelächter.

STRAWINSKY: Meinte das ganz ernst – hätte ich je irgend etwas
ernstgenommen außer meinen Kompositionen,
die ich aber auch nicht mehr zu ernstnehme.

MARLENE: Was ist denn ernst, Meister – wenn nicht Ihr «Feuervogel»?

STRAWINSKY: Danke! Könnte ich doch Musicals! Komponierte gern
eins,
über das Leben der Minna Wagner.

MARLENE, *lacht:*
Seine erste Frau, die er natürlich sitzengelassen
hat wie alle – was ist an der interessant?

STRAWINSKY, *lacht:*
Schon lustig originell, die List ihrer Mutter:
Als Minna, erst 13, durch einen Adligen schwanger wird,
redet sie ihrem alten Mann ein, damit der sie nicht totschlägt,
e r werde noch einmal Vater:
Was sagen die Nachbarn, Pfui, wir zwei Alten!
Sie geniere sich, fahre also aufs Land, nehme Minna mit,
bis ihr Kind da ist. Um dann das Enkelkind als ihres auszugeben.

Alle lachen.

COCO: Hat das Wagner gewußt?

STRAWINSKY: Bestimmt nicht, bevor sich Minna ihn geschnappt hat,
er war erst 23, sie berühmter als er und 14 Jahre älter,
weil schon ein Star als Sängerin! Auch Cosima mußte doch
erleben, daß Wagner seinen Dienstmädchen und Sängerinnen
mehr Kinder machte als ihr.

MARLENE: Klein, aber oho – noch kleiner nur Menzel, der Maler, ein Meter 34 hoch, das z w e i t e deutsche Genie des Jahrhunderts.

Sie zeigt das mit ausgestrecktem Arm.

JACKIE: Leicht zu erklären, die besondere Energie in Zwergen – ihre Angst, übersehen zu werden.

STRAWINSKY: Ja, Wagner nur so hoch wie ein Stuhl, etwa 165 Zentimeter,
war aber vor hundert Jahren nicht ungewöhnlich!
Und sagte zu Nietzsche, unmöglich könne er wissen,
ob nicht Geyer sein Vater sei, den die Mutter,
nur neun Monate Witwe, hochschwanger, geheiratet hat!
Da Wagner ja gut Deutsch konnte, kann er nur
s e h r ironisch auf der ersten Seite seiner Biographie
gemeint haben, der jüdische Schauspieler Geyer habe
– wörtlich – «schon zu Lebzeiten des Vaters im Schoß
der Familie verkehrt».

Gelächter.

MARLENE: «Im Schoß der Familie» – eindeutiger k a n n's
ja nicht heißen! Daher also der
ekelhafte Antisemitismus bei Wagner, weil er
selber Halbjude war.
Ähnlich bei Hitler: Seine Großmutter

wurde unehelich schwanger als Köchin
eines Wiener jüdischen Bankiers!

COCO: Einleuchtend – denn vernünftige Gründe,
Antisemit zu sein, kann's ja nur bei Moslems geben,
nicht aber in Völkern, die zum Juden Jesus beten.
Wie kamen die eigentlich damals dazu, den zum Gott
auszuschreien, er selber, ließ ich mich belehren,
war nie so arrogant, das von sich zu behaupten.

STRAWINSKY: Natürlich nicht. Ein Engländer, der sich Palinurus nennt,
belegt: Jesus war der Uneheliche eines römischen
Besatzungsoffiziers in Palästina, daher sein Mutterhaß
und die zweifelhafte Beziehung zum Vater
– war aber nie so größenwahnsinnig, sich für Gott zu halten!
Daß er auf einem Esel in Jerusalem einritt
– war ein parodistischer Witz von ihm, auf den römischen
Statthalter, der natürlich auf einem Hengst prahlte.
Es hat offenbar noch jedem Mann zu schaffen gemacht,
der nicht genau wußte, wer sein Vadder ist ...

MARLENE: Bestimmt – und so natürlich auch dem Wagner ...
Jedenfalls hat seine Mutter vor ihren Kindern stets ein
Geheimnis aus ihrer Herkunft gemacht – weit noch über ihre
Kindheit hinaus: Wie's Forscher nennen, stand sie in «hoher»
Gunst – ein Prinz von Weimar, Nachkomme von Goethes Herzog,
sei ihr Vater gewesen ...

JACKIE: Aber warum sollte das eine Mutter ihren Kindern, statt stolz zu sein, verschweigen?

MARLENE: Sie können, Frau Kennedy, als freie Amerikanerin sich die sogenannte Schande einer unehelichen Geburt auf unserm Spießerkontinent um 1820 gar nicht vorstellen!
Man führte damals getrennte Holzgestelle als Ehebetten ein, für länger als ein Jahrhundert.

STRAWINSKY: Aber bitte, Marlene – keineswegs nur in Europa, sondern in der gesamten Welt!

JACKIE: Ja, auch meine Mutter bekam die noch in die Aussteuer.

MARLENE: Unehelich schwanger sein war im spießigsten aller Jahrhunderte als Reaktion aufs freie Rokoko – da haben natürlich alle, wie heute wir, auf der s e l b e n Matratze genächtigt – fast tödlich für ein Mädchen!
Die meisten von Eltern und Brüdern verstoßen. Wir Deutsche hatten einen Dramatiker, den im Ausland keiner kennt, der schildert, wie so eine arme Maria Magdalena sich schwanger im Brunnen ersäufen muß.

STRAWINSKY: Dieser Selbsthaß der Unehelichen ist zeitlos: Erster Satz der Moses-Novelle von Thomas Mann, so lapidar wie nicht zu vergessen: «Seine Geburt war unordentlich, darum liebte er leidenschaftlich Ordnung, Gesetz ...»

COCO: Wenn solche Albernheiten Geschichte machen – was könnte die Geschichte dann überhaupt w e r t sein?

JACKIE: Fragt denn Geschichte nach ihrem W e r t, wenn sie geschieht?
Wie sollte denn ein solcher angeblicher Wert aussehen?
Glaube, sie war immer genauso viel wert wie furchtbar.
Denn es bleibt ja leider eine Tatsache – nur gräßliche Epochen
werden überliefert, friedliche haben nicht einmal eine Fußnote
in den Geschichtsbüchern ...

Alle schweigen resigniert, weil das so ist.

MARLENE: Hitler wurde aber vor allem deshalb der Grausamste,
weil er nicht ficken konnte: Kann man sogar englisch lesen,
die Memoiren eines Anwalts, der einen Soldaten verteidigen mußte,
weil der als Jugendfreund Hitlers
Kameraden an der Front erzählt hat – ein Z i e g e n b o c k
habe dem siebenjährigen Adolf die Hälfte seines Schwänzchens
abgebissen: Die Jungen quälten das Tier, einer hielt's am Schwanz
fest, ein anderer sperrte der Ziege mit 'nem Stecken das Maul auf.
Der Reihe nach haben die Jungen reingepinkelt.
Plötzlich, als Hitler dran war, glückte es der Ziege zuzubeißen.
Großes Geschrei vom kleinen «Adi», als er davonlief ...

STRAWINSKY, *muß erschüttert lachen:*
Nicht zu glauben – und doch logisch, daß ausgerechnet d e m
und keinem anderen A u s c h w i t z einfiel,

einem, der schon als Kind ein Fall
für den Psychiater war – und dann nie in ein Mädchen konnte.

COCO, *schüttelt sich:*
Natürlich, wie jeder Enthaltsame, der's unfreiwillig ist
– dann aber auch noch Macht gewinnt über einen Kontinent!

MARLENE: Bleibt nur noch die Frage, so grotesk wie furchtbar:
Hat erst der Ziegenbock den Hitler zu dem gemacht,
dem Irren, der er wurde?

JACKIE: Ganz sicher!

STRAWINSKY: Gibt Fragen, so unheimlich, daß man sie auf sich beruhen lassen muß.

Da diese, ohne Übertreibung, folgenreichste Anekdote des 20. Jahrhunderts wahrhaft unglaublich ist, muß hier, ihre Glaubwürdigkeit zu überprüfen, genau dokumentiert werden, woher der Autor sie hat.
Das Buch ist von Dietrich Güstrow, Titel: «Tödlicher Alltag. Strafverteidiger im Dritten Reich», erschienen im Siedler-Verlag Berlin, 1981.
Güstrow ist ein Pseudonym, der Autor hieß in Wahrheit Dietrich Wilde, geboren 26. März 1909 in Suderode, gestorben 29. März 1984 in Peine, wo er seit 1948 Stadtdirektor und Bürgermeister war.
Der Autor hat noch Briefe mit ihm gewechselt (Literaturarchiv Bern).

JACKIE: Jedenfalls denkt man in meinem famosen Vaterland so,
wenn man vorgibt, obwohl Inhaber von effektiven Geheimdiensten
wie CIA und FBI, ein namenloser Oswald habe – ohne Motiv –
den Präsidenten erschossen!

MARLENE: Der Staat mordet nie, bevor er den Täter hat
– früher findet kein Attentat statt!
Hitler hätte auch den Reichstag nicht angesteckt,
bevor er nicht den geisteskranken Holländer dort hinstellen konnte
als den angeblichen Brandstifter.

STRAWINSKY: Und wer stellte diesen 17-jährigen Serben nach Sarajewo,
den österreichischen Kronprinzen samt Frau totzuschießen?

COCO, *lustig:*
Wird's nicht Zeit, daß wir aufhören, über Attentate
zu reden? Unhöflich genug, in Ihrer Gegenwart.

Sie faßt mitfühlend Jackie am Arm.

Laßt uns in den Garten gehen, sofern meine drei Beete als Gärtchen
zu bezeichnen sind.
Vor allem habe ich dein Versprechen, Igor,
gehst mal wieder zu Ehren von uns drei Grazien an den Flügel!

Zu Marlene:

Und Sie, Frau Dietrich, singen sogar Neues?

MARLENE: Versprochen, ist ja kurz.

STRAWINSKY: Wenn's denn gewünscht wird:
Damen muß man gehorchen.

COCO: Na – hast du doch immer sehr gern gemacht,
Igor, den Damen gehorcht.

Vorhang

ZWEITER AKT

Pablo Picasso, 1907: Les Demoiselles d'Avignon
Museum of Modern Art, New York

Gartenzimmer, beherrscht durch die offene Flügeltüre und durch Picassos «Les Demoiselles d'Avignon». Dies Bild der Musen ist fast wandgroß.

Strawinsky geht zum Flügel. In der Pariser Altstadt sind die Gärtchen, haben überhaupt sehr wenige, sehr teure Häuser welche, ganz klein, nur schmale Beete, ein Fliederbusch. Aus Platzgründen kein Möbelstück im Garten, der sehr eingeengt ist durch hohe, schön gestrichene Hinterhäuser.
Die sehr lange junge Schwarze, so elegant wie nur bei Coco Chanel eine Mitarbeiterin sein kann, reicht Champagner.
Coco, Jackie stehen, sitzen dann auf der eleganten schwungvollen Wendeltreppe, die sie vom Atelier hier unten ins Souterrain führte. Beide rauchen.

Marlene wartet auf ihren Einsatz. Während ihres traurigen Songs fast bühnengroß die zwei Menzel-Aquarelle vom Schlachtfeld Königgrätz, 1866 – neben Dürers «Häschen» überhaupt die bedeutendsten, die je einem Deutschen glückten, doch nahezu unbekannt, da die Nationalgalerie sie aus berechtigter Angst vor der Sonne, die die Meisterwerke ausbleichen würde, nie ausstellt, sondern in Mappen aufbewahrt.
Als Menzel sie auf dem Schlachtfeld gemalt hatte, sagte er: «Jetzt weiß ich, woher Schlüter seine Masken hat.» Er meinte die der

sterbenden Krieger, von 1696 im Innenhof des Zeughauses, jetzt Deutsches Historisches Museum genannt, das wie ein Wunder Hitlers Krieg unbeschädigt überlebte.
Die auf der Bühne bemerken natürlich die Menzel-Aquarelle überhaupt nicht.
Da es nicht in Mode ist, ja verpönt, daß Stückeschreiber sich auch um das Bühnenbild kümmern, werden jene Damen und Herren, die für dieses Stück arbeiten, in großer Demut gebeten, die Menzel-Aquarelle zu z e i g e n. Erstens, wie gesagt, weil niemand sie kennt. Zweitens weil es die Pflicht aller Produktiven ist, die Mahnung Otto Flakes zu beherzigen, besonders in der Schwemme der heutigen Vergeßlichkeit:
«W e i t e r g e b e n mag zuletzt der Sinn des Lebens sein.»

Keine Sonne überm Garten, regenschummrig, doch trocken.

Adolph Menzel, 1866: Leichenkammer zu Königinhof
Kupferstichkabinett der Staatlichen Museen Berlin

STRAWINSKY: Ihr hört jetzt die Uraufführung des Liedes vom
«Unbekannten Soldaten». Marlene hat mich gefragt,
ob ich's komponieren will.

JACKIE: Von wem der Text?

MARLENE: Aus einem Drama: «Sommer 14»
– schrieb ein Deutscher namens Hochhuth,
den längst kein Mensch mehr kennt!

COCO: Nie gehört, diesen komischen Namen!

Marlene, *singt, begleitet von Strawinsky, die Komposition von Herbert Grönemeyer:*

Dem unbekannten Soldaten

Du bist den Großen
nur eine Karte im Skat,
aus dem Leben verstoßen
– ach, Matrose, Soldat!

Was Zeitungen rühmen
an Admiralen, Generalen
– ihr Anonymen
müßt es bezahlen ...

Je entfernter vom Morden
Namensträger sich drücken,
je stolzer die Orden,
die am Halse sie schmücken!

Du, für d i e nur ein Mittel,
Fahnen zu hissen,
büßt im Sterbekittel
ins Gras gebissen

Der Feldmarschälle Eroberungswut!

Vier Jahre vergossen
kleiner Leute Blut!
Selbst den Geschossen
weit fern geblieben:

Ist den Generalen
und denen, die schieben,
der Unbekannte
aus jedem Lande,

der im banalen
Kriegstag zerrieben,
in keinen Annalen
je aufgeschrieben:

– bleibst du denen
nur eine Karte im Skat,
den stets Fotogenen
– unbekannter Soldat.

Betroffenheit, dann klatschen alle, keiner spricht.

COCO: Möchte wissen, verstehe ja nichts von Musik – hat d i e mich jetzt so niedergeschlagen – oder der Text?

JACKIE: Vermute – nicht zu unterscheiden, kann man denn überhaupt, Meister Strawinsky, bei Vertontem noch

auseinanderhalten, ob die Wirkung mehr vom Text
kommt oder der Musik?

STRAWINSKY, *selbstironisch:*
Als Klavierspieler muß ich natürlich der Musik
die Wirkung zuschreiben – doch sicher Quatsch.
Kann man gar nicht abmessen.
Bin jedenfalls Ihnen, Frau Dietrich, sehr dankbar,
daß Sie mir das Gedicht gebracht haben ...

MARLENE: Der Dichter sagte, er habe den Song zu diesen
Menzel-Aquarellen gemacht,
die in einem der Bismarck-Kriege gemalt wurden.

Sie zieht Reproduktionen aus ihrer Tasche und reicht sie herum ...

JACKIE: Grausig. Sprachlos, daß einer ... das konnte!
Wie heißt dieser Aquarellist noch mal?

MARLENE: Menzel – der bedeutendste Zwerg der Kunstgeschichte
neben Toulouse-Lautrec, seinem Zeitgenossen.

COCO: Deutscher?

MARLENE, *nickt, zeigt das mit ausgestrecktem Arm:*
War einen Meter und 34 Zentimeter klein
– vom Kaiser geadelt, der auch
mit der Kaiserin hinter Menzels Sarg ging.

Aggressiv jetzt:

Nur einmal noch ist das je vorgekommen:
Karl V. ging hinter dem Sarg des Vélazquez.
Hat sich je ein d e m o k r a t i s c h e r Herrscher
auf der Beerdigung eines Künstlers blicken lassen?

COCO: Vermute doch, unser Pompidou ging hinter
dem Sarg Picassos.
Merke wieder, seid alle nicht gut
auf Demokraten zu sprechen!

STRAWINSKY: Nee, bestimmt nicht, wenn's ums Verhältnis
der Parteibonzen zur Kunst geht!
Wie k ö n n t e n Künstler g u t von denen reden?
Demokraten, die alle z e h n m a l reicher waren
als die Fürsten, doch stets aus Ignoranz, sicher nicht
aus bösem Willen, sind die genuinen Todfeinde der Künstler:
Lassen die Maler, die Bildhauer v e r h u n g e r n,
weil sie ihnen n i e m a l s mehr Aufträge geben
für Kunst im und am Bau.
Auch uns Musikanten nicht, auch den Literaten geben
sie keine Aufträge – nur ihren eigenen Institutionen,
geerbt von den Fürsten:
Opern, Theater, Galerien – d i e überhäufen sie mit Subventionen.
Doch der einzelne Künstler geht immer leer aus,
arbeitet er nicht so a n g e p a ß t, daß er
eine Professur ergattert.

Dagegen gab Kaiser Augustus dem Vergil den Auftrag
die «Aeneis» zu dichten!

COCO: Wie auch unsere französischen Könige
unsre klassischen Dramen in Auftrag gaben!

MARLENE: Stimmt haargenau – ihre eigenen Gebäude
in Schuß zu halten, schmeißen Demokraten Millionen
raus für Intendanten, Dirigenten, Regisseure
– doch nie einen Pfennig für die Urheber,
Dichter, Maler, Komponisten.

JACKIE, *erbittert lachend:*
Künstler sind kein Wählerpotential,
fühle mich da aber sehr, sehr mitschuldig,
deshalb interessiert ...

STRAWINSKY: Weine natürlich allein deshalb schon
dem Zarenreich nach, wenn ich vergleiche,
wie die Petersburg durch Italiener
bauen ließen – und wie Kommunisten bauen!
Übrigens, so asozial, wie man den Zaren anhängt,
waren sie nicht: Der die Leibeigenschaft aufhob
und zum «Dank» ermordet wurde, lebte gleichzeitig
mit Ihrem großen Lincoln, der die Sklaverei aufhob
– und natürlich auch ermordet wurde!

COCO: Wußte ich nicht, schaudervolle Parallele!

MARLENE: Monarchie oder nicht: Ist doch nur logisch,
erträglicher für jeden: Von zweien regiert zu werden,
statt nur von einem, also von Parteien und Monarchie
– statt nur vom Parlament allein,
das ja auch oft genug tyrannisch wird!
England mit seiner Monarchie ist nicht zufällig so erfolgreich.
Lebt Skandinavien nicht auch gut mit Königen und Parlamenten?
Vor allem haben ja wir Deutschen noch immer
keine Demokratie, weil wir nicht einmal wissen,
daß die Große Koalition das Antidemokratische
schlechthin ist – nur Absprache-Quatsch.
Und deshalb in England und den USA nur in Kriegen erlaubt!

JACKIE: Nie über dies alles nachgedacht, da das ja selbstverständlich
für uns Yankees. Und Könige kennen wir sowieso nur aus Märchen!
Überzeugt mich aber sehr, Frau Dietrich, was Sie sagen:
Natürlich immer besser, zweie regieren statt nur einer!

MARLENE: 'türlich! Nicht nur von Parteien beherrscht werden,
sondern auch noch von einer Monarchie
– wie auch neuerdings an Spanien zu sehen!

STRAWINSKY: Richtig, der schlaue Franco, muß ja schwer genug für ihn
gewesen sein, sich aus Hitlers Krieg 'rauszuhalten,
Mussolini hat das für Italien nicht fertiggebracht
– daß Franco, am Ende seines Lebens,
Spanien wieder zur Monarchie gemacht hat:
Der wußte, allein die garantiert Kontinuität.

COCO: Abgesehen davon, wie farblos sind Demokraten angezogen?

Sie muß lachen, auch alle anderen.

Gemessen an Monarchen – natürlich bei mir berufsbedingt, das Argument ...

Auch hier nimmt der Autor sich die Freiheit, die Londoner Hochzeit des künftigen Königs mit einer Bürgerlichen um Jahre zurückzuverlegen, als eindrucksvollen Beleg für die zeitlose Beliebtheit der Könige allerorten.

MARLENE, *fällt ihr ins Wort:*
Keineswegs nur berufsbedingt, sondern allgemeingültig
– gab Demokratien, die durch ihre Farblosigkeit
einem Diktator anheimfielen. Und haben Demokraten
je Einschaltquoten erlebt wie Gekrönte?
Der Hochzeit, neulich des künftigen Königs von England
mit einer Bürgerlichen – also vorbildlich die Aufhebung
aller Standesunterschiede – sahen vier Stunden lang
drei Milliarden zu. Beweis, wie schließlich allen Völkern die
Sehnsucht eingefleischt ist nach der Monarchie: Die guckten
schließlich freiwillig zu!

STRAWINSKY: Ja, Churchill ging so weit, laut seinem Leibarzt
Lord Moran. Kann dessen Tagebuch bestens empfehlen,
die wahre Biographie des Giganten.
Churchill habe gesagt, hätte man 1918 den Enkel

des Kaisers auf den Thron gelassen, als Wilhelm der Letze 1918
als Geschlagener ins Exil mußte
– die Welt hätte von Hitler nie gehört!

MARLENE, *schreibt's schnell auf und sagt:*
Muß ich lesen ... Wie heißt der, Moran? Mir ganz entgangen,
daß Churchills Arzt sein Tagebuch veröffentlicht hat.

STRAWINSKY: Sehr bedeutend: Wird wer Premier, verordnet ihm
Downing Street automatisch den Leibarzt
– und Churchills Doktor hatte eben Lust zu schreiben!
Schrieb so gut wie Bernard Shaw oder Somerset Maugham:
Großes Geschenk an die Nachwelt.

COCO: «Gigant» nennen Sie Churchill? Keine Verherrlichung?

STRAWINSKY: Keine – und wenn? Warum nicht den verherrlichen,
der als einziger in der Geschichte, als Sieger dieses Ausmaßes,
vom Suez-Kanal, am Rand der Vernichtung, über Singapur
bis zur Elbe marschierte – doch für das eigene Land
kein Dorf annektiert hat!
Wann waren je Krieger auch so moralische Größen?

MARLENE: Wahr! Jeder in der Welt, der gerecht denkt,
hätte es hingenommen, würde Churchill für England Bremen
und die friesischen Inseln behalten haben, als er Hitler
besiegt hatte – wie Stalin für Rußland Ostpreußen
mit Königsberg behielt ...

COCO: Ich traf ja die Churchills vor dem Krieg an der Riviera
– wäre nie auf die Idee gekommen, damals, daß der dicke
friedliche Maler da, Hut gegen die Sonne, groß wie ein Rad,
ein bedeutender Krieger sein könnte, nur drei Jahre später!
Ich fragte seine Frau: «Wo ist Ihr Mann immer vormittags?»
Sie sagte: «Da schreibt er die Geschichte der englischsprechenden
Völker – jetzt schon den fünften Band!»

STRAWINSKY, *lacht:*
Apropos Monarchie:
Ich erlebte meine wesentlichen Jahre noch unterm Zaren.
Jeder, also auch ich, ist zwar bestechlich durch Dankbarkeit,
trotzdem hier eine objektive Erfahrung:
Mein «Feuervogel» war 1912 in Paris
total durchgefallen, doch in Berlin
erschien zur Uraufführung das Kaiserpaar.

Er lacht:

Folglich galt ich am anderen Morgen als Klassiker.

COCO: «Wie die Alten sungen – so auch ihre Jungen!»

MARLENE, *traurig-aggressiv:*
Aber demokratische Herrscher sieht man nie, niemals
bei Uraufführungen, erstens aus Desinteresse nicht,
zweitens – sie warten erst ab, ob's ein Erfolg wird,
damit sie sich mit Riskantem nicht bloßstellen.

JACKIE: Immerhin mein Mann riskierte, was ein Risiko war,
öffentlich in den «Spartacus»-Film zu gehen!
Drehbuch hatte der als Kommunist verteufelte Trumbo
geschrieben, deshalb von McCarthy-Gangstern ins Gefängnis
geschmissen, weil er sich geweigert hatte,
solche zu denunzieren, die man des Kommunismus verdächtigte.
Wüst genug wurde der Präsident angepöbelt,
weil er in diesen Film ging.

STRAWINSKY, *lakonisch:*
Diktatur – Einheits p a r t e i,
Demokratie – Einheits p r e s s e.

MARLENE: Fand im Flugzeug der Swissair, hab's noch hier,

Sie zieht's aus der Handtasche.

ein Verzeichnis sämtlicher Museen der Schweiz –
zu bewundern, eindrucksvoll, wie v i e l e, doch die ...

COCO: Na, die haben ja auch fast so viel Geld,
wie sie geizig sind, ich weiß, wovon ich rede:
16 Jahre u n f r e i w i l l i g in der Schweiz gelebt!

MARLENE: Wollte sagen, ernüchternd und deprimierend:
An keinem e i n z i g e n der Gebäude,
obwohl doch jedes ein M u s e u m,
die ab 1940 gebaut wurden,

auch nur für tausend Franken Kunst!
Ja, bitter, daß sich viele vom Zeitgeist einreden lassen:
Plastiken, Bilder seien entbehrlich,
überhaupt alle Kunst an den Fassaden,
auch im Inneren öffentlicher Gebäude.

COCO: Fühle mich da auch ertappt: Mir noch gar
nicht aufgefallen – wo das meiste Geld,
die meisten weißen Flächen
– nie e i n e Spur von Kunst!
Einheitlich-geistlose K i s t e n, alle Fassaden,
auch deshalb ohne Fenster!

COCO: Genauso, wie Uniformknöpfe sich auch nie unterscheiden.

STRAWINSKY: Stimmt, was auffällt, ist anstößig, vor allem in der Schweiz.
Deshalb auch niemand d a noch etwas anstößt.

COCO: Widerspreche – als bedeutendste Pharma-Industrie
der Welt ist die Schweiz vorbildlich anstößig!
Ähnlich mit ihrem Bankgeheimnis
– ich b e j a h e alles, was das Individuum
gegen den Staat stärkt.

STRAWINSKY: Ich auch ... Nur weil die vom Staat sich ausgedachten Steuern
g e s e t z l i c h sind – sind die doch keineswegs gerecht!

Ganz im Gegenteil, wie jetzt in aller Welt:
In *allen* Staaten zahlen heute die Reichsten,
weil sie in ihren Industrie- und Bank-Imperien
jede Rolle Klopapier vom Einkommen absetzen dürfen,
die wenigsten, die *geringsten* Steuern!

MARLENE: Seid bitte gerechter zur Schweiz!
Las neulich, sogar die meisten Patent-Anmeldungen,
international, kommen von den Eidgenossen,
obwohl die doch nur wenige Millionen sind,
eins der allerkleinsten Völkchen.

STRAWINSKY, *autoritär:*
Aber genau und allein dadurch unterscheiden sich doch
die *bedeutenden* Politiker von denen,
die nach ihrer Amtszeit so rasch weg sind
wie das bißchen Mundgeruch unsres
Nebenmenschen in der U-Bahn: Der Bedeutende
bleibt bekannt durch Gebäude, die er bauen ließ.
So wie man Industrielle nach 50 Jahren nur dann noch kennt,
wenn sie der Allgemeinheit *Museen* gestiftet haben
oder große Symphonie-Orchester, jedenfalls Kunst.
Zwar hat den großen Roosevelt bis in seiner 4. Amtszeit
auch die Mode verblödet, sich nicht um die Kunst zu scheren ...

JACKIE: Der hat die nicht mal vermißt,
wie wir Yankees allesamt Kunst nicht vermissen,
außer ein paar Juden.

COCO: Alle Europäer auch – schon seit
zwei Generationen nicht mehr.

MARLENE: Wir hatten einen Romancier, den keiner kennt im Ausland:
Fontane, der schrieb schon vor hundert Jahren:
«Die Juden finanzieren uns die Kultur,
und wir Arier finanzieren den Antisemitismus.»

STRAWINSKY: Doch Roosevelt wurde u n s t e r b l i c h
wie Stalin und Churchill als Sieger über Hitler!

MARLENE: Churchill dazu als Nobelpreisträger.

COCO: Unser de Gaulle schreibt auch klassisch.

MARLENE: Ach – aber wer l i e s t die noch?

STRAWINSKY, *achselzuckend, dann lakonisch-resigniert:*
Es ist einfach zu viel da – gemessen an so
wenig Zeit zum Lesen.

MARLENE: Darf man fragen, was Sie momentan machen?

COCO: Ja, interessiert uns alle!

STRAWINSKY: Freut mich, Ihre Neugier! Mein Freund Pasternak ...

JACKIE: Der «Doktor Schiwago» schrieb?

STRAWINSKY, *nickt:*
Ja, nun tot, doch bin ihm im Wort, er schrieb
auch eine Heimkehrer-Ballade, die ich
vertonen soll: «Agamemnon auf dem Dorf».
Ich verlege sie nach Jalta. Sie spielt in einer Mühle.
Frage Sie, Frau Dietrich, raten Sie mir, einen Film
oder eine Oper draus zu machen?

MARLENE: Kann ich aus dem Stegreif nicht beantworten,
doch ist der Stoff natürlich so zeitlos,
daß ich sehr gern darüber nachdenke.

Sie lacht so gewinnend, wie nur sie das kann:

Und biete mich auch gleich an, die böse Mörderin
Klytaimnestra zu spielen, mir egal, ob im Film,
ob in der Oper ... Hauptsache, kommt zustande.
Meine Erfahrung: Geldgeber knöpfen die Taschen zu,
sobald antike Stoffe im Gespräch sind.
Also umso nötiger.

STRAWINSKY: Pasternak bedrängte mich, diese Agamemnon-
Moritat zur Oper zu machen – also ein Russe, gefangen
in Stalingrad, türmt aus deutscher Kriegsgefangenschaft.
Und als er heimkommt, nach Jahren, erwischt er
seinen Bruder, der mit der Schwägerin
schlief, sprich: der Frau des Agamemnon.
Die Ehebrecher machen den Heimkehrer tot,

natürlich auch das deutsche Mädchen, das er mitbrachte,
weil es ihm zur Flucht verhalf – in der Antike
Kassandra genannt, die jedoch voraussieht,
daß sie und Agamemnon gekillt werden.
Bin Ihnen sehr dankbar, wenn Sie mich beraten,
ob Oper oder Film.
Hier ist die Ballade.

Er zieht die zwei Seiten aus der Rocktasche, gibt sie Marlene – der Autor überläßt es der Regie zu entscheiden, ob sie es hierbei bewenden läßt oder die Ballade wenigstens bruchstückhaft noch in die Inszenierung einbringt.

Agamemnon auf dem Dorf
Heimkehrer-Ballade

Einen Toten?
Lew und Boris melden, auf dem Heimweg,
Osterdienstag, als sie Torf gestochen,
knapp drei Kilometer vor der Mühle,
hätten sie den Mühlen-Jan gesprochen!
«Quatsch – zur Mühle», schreit die Witwe, «kam Jan nie!»
Soo? – ja, dann sei sie einzulochen:
Mordverdacht; man wisse, wie
sie es treibe mit dem jungen Knecht ...

«Ist's verboten?
Ein Jahrzehnt vermißt: ist Jan totgesagt!

Daß ich lebe mit dem Knecht – ist mein Recht,
wer im Dorf noch lästert, wird verklagt ...
Auf Idioten, die von ‹Heimkehr› schwätzen,
so besoffen, daß sie einen Toten ‹sprechen›,
den sie aus der Grabesruhe hetzen
– hetzte ich jetzt Polizei:
Haussuchung verlangte ich – mit Hunden!

Euren Zoten,
dem Gerücht, im Mühlwald sei
– nicht bei Berlin mein Jan verschwunden,
geht das Amtsgericht jetzt nach!»
Als dann Zweibeiner entfalten
Vierbeinern des Müllers Kleider,
muß sie lachen: «Hundenasen hinzuhalten,
was doch gar nicht hing im Schrank:
Längst gab ich die Kleider weiter ...

Weg die Pfoten!
– schenkte sie dem Knecht, zum Dank!
Daß des Toten Kleider trug,
der ja dessen Arbeit machte ...»
«Auch im Bett?» – als der Kommissar das frug,
erektiert ihn, wie sie lachte:
«Sind wir Witwen keine – Frauen?»
Da sie ihn noch überragte,
zu der harten Brust zu schauen

Und dem roten
schweren Haar, war er zu verklemmt; er fragte:
«Euer Hund ... ist doch sonst nie angebunden!
Angst, der fände Ihren Mann?»
Sie, reicht Brote: «Nein, nur wegen Ihren Hunden
liegt heut Argos an der Kette!»
Doch kaum losgemacht – bergan
stürmt schon Argos, der das Wehr,
wie gepfiffen, rasch durchgeschwommen!

Nur mit Booten
kommen nach Polizisten, Kommissar. Lynchgeil hinterher
wogt ein Menschenmeer. Spät am Mühlquell angekommen
– dunkel – hilft mit Fahndungslichtern
Polizei dem Hund beim Scharren ...
Jan liegt tief. In zwei Gesichtern
ist nur Panik vor der Volkswut, doch kein Mund.
Schweigen. Als der Kommissar höhnt: «Narren!»
– klagt das Weib: «Ich töte keinen Hund.»

MARLENE: Demnach ist Ihr Aegist, Herr Strawinsky, genau so ein Scheusal, auch das Weib – wie bei Sophokles oder Aischylos?

STRAWINSKY, *Schulter hochziehend, ihm offenbar noch unklar:*
Weiß das alles noch nicht, muß er aber doch wohl ...
Warum sonst hätten die Agamemnon abgestochen?
Und die arme Kassandra, die alles voraussah.

COCO: Ist aber diese ganze antike Story nicht sehr verjährt?
Warum halten die Ehebrecher nicht einfach den Mund,
als der Ahnungslose heimkommt?

MARLENE: Der fragt natürlich: Kassandra warnte ihn doch,
auch in Angst um sich.
Und warum verlegen Sie die Handlung nach Jalta?

STRAWINSKY: Ich kann doch nicht simpel die antiken Dichter
einfach beklauen! Das hieße ja, nur die Kostüme
wechseln. Nein: Irgend etwas muß doch auch n e u –
nämlich von m i r sein. Wähle deshalb Jalta
als Tatort, weil dort auch die drei Herren der Welt
für die Zeit, da die Hitler-Deutschen geschlagen sind,
beraten haben, wie Europa aussehen soll.
Und da noch nie erst kürzlich verstorbene Weltherrscher
wie Stalin, Roosevelt, Churchill
zu Opernfiguren wurden – will ich der e r s t e sein,
der das riskiert: Auch meine Eitelkeit:
Noch nie hat etwas überlebt, was einer nicht
als e r s t e r gemacht hat!
Wirft mir das eine Fülle von Problemen vor die Füße,
aber nur deshalb lohnt sich's auch.

COCO: Ja, stimmt. Seien Sie f r o h – das garantiert, daß Qualität hat,
was Sie da machen. Ich sagte das, glaube ich, vorher schon:
Was nicht n e u – ist gar nicht Kunst, sondern Kopie.

Natürlich ist das Noch-nie-Gemachte am schwierigsten.
Und findet erst mal tausend Feinde!

MARLENE, *lacht, dann sehr schnell ernst:*
Aber was erst neu, ist auch schnell alt.
Man kann die Vergänglichkeit eben nicht verdrängen.
Nur uns Insidern tut's leid, wie rasch Kunst vergeht,
weil wir selber welche machen
– andere merken das doch gar nicht.

Sie sagt jetzt ein Sonett, wieder so berlinisch-prosaisch, daß kein Zuschauer merkt, offenbar auch sie selber nicht, daß sie Poesie spricht, Reime:

Vergänglichkeit

Ach, wo sind die Filme hin?
Die bedeutenden Romane
höchsten Ranges, international ...

Weg – wie eine Karawane
im Wüstensand, noch gestern weltbekannt!
Allen gemeinsam als tragisches Schicksal ...

Daß ich, was soll's, als Person
noch übrig bin, wenn auch nicht «in»,
mir wie ein Hohn ...

Warum bleibt große Kunst nicht in Gunst
beim Zeitablauf, der stets so rasant wie ein Brand?
Ihm alles unterlegen, weg wie gestriger Regen.

Wer an Großem mitgearbeitet – erleidet
sein Verschwinden! Sich an Neues binden
– wie? Gelingt fast nie.

Bleibend immer der Untergang nur.
Je stolzer die Fahne – desto schneller vergessen!
Einzige Ausnahme – große Architektur.

COCO: Schrecklich ja, fast Synonyme:
Kunst und Vergessenwerden.

STRAWINSKY: Marlene – das war ja Ihr Lied von der Vergänglichkeit
– werde ich auch vertonen!

MARLENE: Aber da wir doch nicht dauernd vom Tod
reden sollten – zurück zu den Hüten:
Übrigens, was man auf dem Kopf trägt,
sagt mehr über uns aus als das Kleid.

STRAWINSKY, *lacht:*
Wäre schlimm, stimmte das, denn Männer
haben doch meist gar nichts auf.

Coco, *lacht:*

Sind ja auch meist im Wortsinn nichtssagend,
die Männer.

Strawinsky: Na ja ... nichtssagend?
Manchmal sagen sie schon was! Oder? Oder tun was!
Wer hat denn das Sagen? Die Weltgeschichte geprägt?
Frauen? Männer?
Wer wird denn gelesen?
Wer wird denn gehört?

Coco: Bücher, Filme, selbst Musik, Mode – alles vergänglich!
Muß ja auch so sein, sonst gäbe es nie Neues.

Marlene: Stimmt ... Wir hatten einen, keiner
kennt ihn hier, nie übersetzt, Otto Flake,
der schrieb: «Von allen Idealen
veraltet allein das Soziale nie.»

Strawinsky: Otto Flake? Kenne ich nicht.
Kein Wunder, daß der nicht übersetzt wird:
Wer will denn das hören!
Aber stimmt genau.

Jackie, *lacht:*
Wie sagten Sie? «Von allen Idealen
veraltet allein das Soziale nie»? Fabelhaft!

In Amerika, wo man das Soziale
sofort als das Sozialistische denunziert,
wenn nicht sogar als Kommunistisches verteufelt,
will das schon gar keiner wissen!
John hatte vor allem Soziales vor, so vieles
– sogar einen Mindestlohn zum Gesetz zu machen!
Und eine Volkspension.

MARLENE: Österreich hat eine: eine Volkspension.

JACKIE: Alles nun abgerissen. In nicht drei Jahren – was ist da
an Gesetzen schon durchzupauken, John mußte dahin,
ohne irgend etwas fertig zu kriegen.

Da dies das Schlimmste ist in jedem Nekrolog, weint sie.

MARLENE, *faßt sie an der Schulter:*
Dennoch gehört John in die Geschichte!
Er rettete den Weltfrieden mit Chruschtschow,
als er mit dem Russen einig wurde, seine Raketen
aus der Türkei abzuziehen
– wie dann der Kreml seine aus Kuba.

STRAWINSKY: Wahrhaftig, das reicht – für beide,
als Zutritt in die Nachwelt.

COCO: Weiß Gott – wenn sich nur immer so zweie fänden,
einer alleine könnte das ja nicht.

MARLENE: Logisch, gehören zwei dazu, zur Vernunft!
Nur dann ist überhaupt Frieden möglich, der auch mal
länger als ein paar Jahre hält.

JACKIE: Wollt ihr sagen, das Glück einer ganzen Generation
hängt davon ab, ob zwei Vernünftige zufällig zur gleichen Zeit
regieren und einander vertrauen können?

STRAWINSKY: Von was sonst! Und allein Jahrgang und Geographie
legen fest, ob du davonkommst
– oder in die Scheiße eines Krieges verwickelt wirst!

MARLENE, *sieht sich um, dann, da Jackie zur Toilette ging:*
Wie umgebungsblind wir alle sind
– besonders angesichts von Wahrheiten,
die offen auf der Straße liegen,
doch keiner hebt sie auf,
sieht sie auch gar nicht – so lächerlich wie furchtbar!
Wie konnte Kennedy einen Besuch in Dallas machen
– dem Wahlkreis des Vizepräsidenten, jeder Ami
heute sagt, er wußte, Johnson ist sein Feind.
Und Kennedy habe ihn auch nur höchst widerwillig
als Vize genommen, nur gezwungenermaßen ...

STRAWINSKY: Fragen wir doch Jackie, was sie dazu sagen will.

COCO: Bitte nicht! Sie ist dann sofort in Tränen,
wie ich eben sah, und ...

Jackie wieder da, Coco schweigt abrupt.

MARLENE, *greift schnell hier sehr Entlegenes zur Abschweifung auf:*
In Deutschland jetzt großes Gerede:
Ein Italiener hat nachgewiesen in einem dicken Buch,
warum Goethe als 25-jähriger Bestseller-Autor
von «Werthers Leiden»
nach Weimar kam und in kürzester Zeit Besitzer
des stattlichsten Hauses am Markt wurde,
dazu noch von einem entlegenen tief im Walde ...
Die blöden Philologen hatten das 200 Jahre nicht gefragt!

JACKIE: Nämlich? Warum wird ein Poet sofort Besitzer zweier Häuser?

Alle lachen.

MARLENE: Der Herzog, kaum 18, hatte ihn aus Frankfurt mitgebracht,
um seine erst 36-jährige Mutter zu entsorgen,
Witwe schon seit sechs Jahren, hat sie dem Sohn noch
pausenlos reinregiert – daher er sie entsorgen mußte.
Eine Herzogin kann ja nicht mit einem Grafen leben,
aber mit einem Bestseller-Poeten allemal.
Natürlich heiß w i e ein Herd, nahm sie sich
prompt den berühmten Twen!
Hat ihn vermutlich sogar erst a n g e l e r n t ...

STRAWINSKY, *amüsiert wie alle:*
Glück für beide.

MARLENE: Ja, jetzt die schönste deutsche Liebesgeschichte!
Bisher hatte nie einer gefragt, warum Goethe,
der 83 wurde, mit 25 seine Autobiographie beendete!
Nämlich mit dem Tag seiner Ankunft in Weimar.
Er wusste, er müßte sie auslassen, die anrüchige Wahrheit:
Der Enkel eines Schneiders, wenngleich über Nacht
weltberühmter Poet, im Bett der Herzogin
– das konnte er nicht aufschreiben!

STRAWINSKY: Was war die für ein Mensch, diese Herzogin?

MARLENE: Bedeutend, hatte schon einen Musenhof
ins Leben gerufen mit Dichtern, Malern,
Nichte Friedrichs des Großen – die Inkarnation
der Aufklärung. Schrieb auch selbst.

JACKIE: Mußte auch erst mal wieder lernen,
daß das Leben weitergeht!
Die Geschichte von der Herzogin macht mir Hoffnung!

STRAWINSKY: Wenn morgens um drei die Vögel sich melden
– man muß sowieso mal aufstehn –,
irgendwie fühlt man dann, das Leben geht weiter,
bist nicht allein. Spürst einfach Geborgenheit!

MARLENE, *ernst:*
Ja, und das allein kann schon sehr viel wert sein!

COCO: Geht uns allen so!

STRAWINSKY: Und keiner kann sagen, warum.
Gut so, man kann nur drauflos leben, m u ß!
Die ewigen Warum-Fragen lassen einen stolpern.

MARLENE: Mein guter Vater, der ja im Ersten Weltkrieg gefallen ist,
schrieb meiner Mutter, als er an die Front mußte,
sie solle das Andenken an ihn, komme er um,
nicht durch Trauer verdüstern – also schnell wieder heiraten.

STRAWINSKY: Hat er das! – Großartig, großmütig!

MARLENE: Ich denke ... wie soll ich's sagen,
die Trauer, allein zu bleiben, b e s c h ä d i g t jeden,
sogar das Bild dessen, der einen allein ließ,
denn einsam wird man bitter, ja ungerecht.

JACKIE, *zu Marlene:*
Ihr Vater fiel im Ersten Weltkrieg?
Wovon ich keine Ahnung habe – wie der kam:
Kriege fallen doch nicht vom Himmel!
Barbara Tuchman über den Ersten Weltkrieg – haben John
und ich genau gelesen: Aber auch da nicht mitgekriegt,
woraus denn dieser Krieg entstanden ist,

wenn der Kaiser und Zar und König von England
engste Vettern waren und keiner vom andern einen
Streifen Land wollte?

COCO: Tatsächlich ein Mysterium: Ist *erst* der Streit da
– oder erst die *Lust* zum Streit?
Vermute, wir ertragen einfach kein Leben
ohne Aggressionen.

STRAWINSKY: Jedenfalls waren sie noch im Vorjahr, 1913, alle
zur Hochzeit der einzigen Kaisertochter in Berlin,
der König von England, Vetter ersten Grades des Kaisers
und Vetter zweiten Grades, der Zar.
Keiner wollte, wie Jackie sagte, dem anderen ein Dorf
abfetzen. Sieben Millionen Tote, doch niemand hat je erfahren,
die Monarchen am wenigsten,
warum und wozu sie überhaupt marschiert sind!

MARLENE: Doch 25 Jahre später alles anders: Hitler war *nur*
durch Krieg, da zwei Mordversuche schiefgingen,
noch loszuwerden.

JACKIE: Weil John geradezu heißhungrig das Buch von
Barbara Tuchman über den Ersten Weltkrieg las,
kam sie auch zu uns, mehrfach, konnte aber auch beim Essen,
so wenig wie in ihrem dicken Buch, *irgendeinen* Grund
für das vierjährige Gemetzel 1914/18 nennen!

Marlene, *nicht ohne Stolz:*

Da mein guter Vater, aktiver Hauptmann
im Ersten Weltkrieg, fiel, las ich seit der Pubertät alle Bücher
zu dieser Katastrophe, natürlich vor allem
«Im Westen nichts Neues», das meistverkaufte aller Bücher,
bis heute, überhaupt auf dem Globus.

Sie spricht plötzlich ganz jung:

Und ich, prompt Remarques Freundin – die unvermeidbare
meiner Love-Storys. Wir waren das Paar für viele Jahre!
Doch kam ich jetzt wegen Ihrer Barbara Tuchman darauf:
Wie Remarque die bedeutendste Dichtung über
den Ersten Krieg schrieb – so ist Tuchman, denke ich,
seine fundierteste Historikerin!
Gibt ja ohnehin kaum Frauen in der ganzen Welt,
die Historikerinnen waren.

Jackie, *strahlt:*

Wie mich Ihre Worte freuen,
John war hingerissen von «August 1914».
Weiß noch, wie er ihr begründete beim Lunch: Er kenne
überhaupt keinen so dramatischen Buchanfang wie ihren,
den Nekrolog aufs fürstliche Europa, 1910
– das Londoner Begräbnis von Edward VII.,
hinter seinem Sarg ritten der deutsche Kaiser
und neun Könige!

STRAWINSKY: Ja, das Staatsbegräbnis eines ganzen, des letzten
großen Zeitalters. Aber keiner, kein Mensch, ob nun zu Pferde,
ob nur Zuschauer, hatte das geringste Gespür,
dies sei das Ende.
Tuchmans desillusionierte Quintessenz aus 500 Seiten:
Das Schreckliche, daß es gar keinen Grund
für das Gemetzel gab!
Doch das sieht man erst nach 50 Jahren – aktiv Handelnde
sind immer doof, sonst könnten sie wahrscheinlich
nicht handeln, sprich Unfug machen.
Wenigstens zu 40 Prozent.

COCO: Kann man das nicht von jedem Krieg so sagen?

JACKIE: Aber um welchen Preis!

STRAWINSKY, *verdüstert:*
Darf man eigentlich gar nicht fragen – von uns Russen allein
kamen gegen Hitler 27 Millionen um, Zivilisten mitgezählt.

JACKIE: Von John fiel auch ein Bruder, als Pilot.
Weiß noch, wie erbittert seine Mutter fragte:
Warum müssen eigentlich Amerikaner für die Befreiung
Frankreichs von diesen verdammten Deutschen sterben?

COCO, *heftig, ja lacht:*
Aber, was hat unser Quartett heute hier für Gedanken!

Vom Tod sollte man doch n i e sprechen,
der kommt von allein noch früh genug!

JACKIE: Freiwillig tut das ja auch keiner!
Genau deshalb kam ich doch heute zu Ihnen,
endlich wieder bunte Kleider zu kaufen!

Das sagt sie wie zum ersten Mal – ohne jede Vorahnung, daß sie es jetzt zum l e t z t e n M a l gesagt hat, und faßt Coco lustig am Arm und präsentiert b e s o n d e r s farbige Kollektionen.

Der Pariser Militärattaché der amerikanischen Botschaft, von Isabelle hereingeführt, auf der Treppe, salutiert auf der letzten Stufe.
Er trägt am Arm die schwarze Trauerbinde ...
Dann zwei Schritte zu Jackie und meldet stockend, die nur zwei Sätze fallen ihm schwer:

ATTACHÉ: Mrs. Kennedy, ich habe die ... die sehr traurige Pflicht,
Ihnen eine ... Ihnen Meldung zu machen,
daß Justizminister Robert Kennedy heute Mittag ...
in Los Angeles ... ermordet wurde.

JACKIE, *schreit:*
Nein ... nein!

Sie taumelt, hält sich an Marlene fest.

ATTACHÉ: Mitten im Wahlkampf, als er redete.
Der Mörder, ein sehr junger Palästinenser
– offenbar irrsinnig, weil Mister Kennedy
nur die Juden erwähnt habe in seiner
Rede – nicht auch Palästinenser!
In der Küche des Hotels, als er ging, drei Schüsse.

JACKIE, *denn Hass hält sie hoch, sie kann noch sagen, sogar mit der Energie des Protests:*
Ich telefonierte heute früh wie täglich mit Bob:
Er sagte, er spreche in einem Hotel-Saal!
Wie kam in den, bestimmt gut bewacht,
– der Palästinenser, bewaffnet?

ATTACHÉ: Noch schrecklicher, der Mörder muß gewußt haben,
daß der Minister durch die Küche abgeht.
Wie gesagt, die Schüsse fielen in der Küche.

STRAWINSKY: Demnach können nur Geheimdienstler
den Mörder dorthin mitgenommen haben!

MARLENE: Also der Staat der Mörder?

Schweigen.

STRAWINSKY: Wieder mal!

JACKIE, *fast tonlos:*
Genau wie bei John ... Ich bleibe nicht in Amerika!
Auch unsere Kinder nicht ...

ATTACHÉ: Die schwarze Binde habe ich noch,
seit dem Tod des Präsidenten.

Sie nickt den dreien zu, keines Wortes mehr fähig, gibt dem Attaché den Wink zur Treppe. Der salutiert – geht ab, ihr voran.

MARLENE: Ach, die Kinder, die armen!

COCO: Er war ja nicht nur ihr Schwager – auch ihr Lover.

MARLENE: So allgemein die Vermutung drüben.

STRAWINSKY: Sie sagte doch, sie telefonierten täglich.
Tut niemand mit dem Schwager ...

MARLENE, *zu Strawinsky, nach zwei Minuten Schweigen:*
Sie müssen ein Kennedy-Requiem komponieren.

STRAWINSKY: Schwer nach Mozart, Maurische Trauermusik
und nach dem Brahms-Requiem

MARLENE: Natürlich zu früh – später.
Sind ja sogar drei Söhne – nun:
Der älteste Bruder fiel schon im Hitler-Krieg.

COCO: Wozu haben die USA jetzt größere Dramatiker als je?
Arthur Miller, Williams müssen ein Stück schreiben
über die drei tragischen Brüder …

STRAWINSKY, *winkt resigniert ab:*
Wie käme der an die Quellen? Allenfalls nach
Generationen, und dann ist alles weggefälscht:
Wenn der Staat bei beiden der Mörder war!

MARLENE, *sehr überzeugt:*
Genau das dachte – ja, muß sagen: Sah ich
beim Schwur des Nachfolgers überm Sarg von John,
als der nach Washington geflogen wurde!
Sah's im Fernsehen:
Erschreckend, das Gesicht da, dieses Johnson.
Soll ja auch wie Lady Macbeth gesagt haben:
«Ausgerechnet bei uns zu Hause.»
Dallas war Johnsons Wahlkreis.

STRAWINSKY: Kriegt's ja schon den Schüttelfrost durch die Parallele:
Daß auch Lincolns Nachfolger ebenso hieß: Johnson!

MARLENE, *entsetzt:*
Wirklich?

STRAWINSKY, *nickt:*
Wie nach Rezept gearbeitet.

COCO: Da komme ich jetzt aber nicht mit, weiß nicht, wovon ihr redet, kenne dieses Shakespeare-Stück nicht!

MARLENE: Lady Macbeth sagt da nach dem Königsmord durch ihren Mann: «Ausgerechnet bei uns zu Hause.» Und das also soll auch Johnson gesagt haben?

STRAWINSKY: Niemand jedenfalls hat seit Kennedys Ermordung eine einzige Minute an die Marionette Oswald geglaubt, eben erst n e u angestellt in dem Schulbuchlager, unter dem die Präsidentenkolonne vorbeifuhr.

MARLENE: Sogar, wie's heißt, einen unnötigen Umweg hätten die Autos genommen, um ja unter diesem verdammten Schulbücher-Gebäude vorbeizukurven – wer spricht da von Dokumenten!

COCO: K a n n natürlich nie welche gegeben haben.

STRAWINSKY, *macht mit den Fingern wieder Anführungsstriche:* «Dokumente»! Lächerlich: Auch kein Privatmensch, der seine Frau oder die Steuer betrügt, legt darüber eine Notiz in seinen Schreibtisch.

MARLENE: Und schon gar nicht der Staat!

Die drei lachen düster-verbittert.

Die lange Schwarze, im Hintergrund, schlägt das Kreuz.

Vorhang

BILDNACHWEISE

Seite 2: Rolf Hochhuth. Zeichnung von Irina Rosanowski

Seite 14: Kaiserin Eugénie mit ihren acht Hofdamen. Gemälde von Franz Winterhalter, 1855. Compiègne, Musée National du Château de Compiègne, *bpk / RMN – Grand Palais*

Seite 17: Coco Chanel mit dem Model Tamara Nyman. Foto von Douglas Kirkland, 1962. *Coco Chanel Paris 1962 © Douglas Kirkland*

Seite 81: Les Demoiselles d'Avignon. Gemälde von Pablo Picasso, 1907. New York, Museum of Modem Art. *© Succession Picasso / VG Bild-Kunst, Bonn 2017. akg-images / André Hield*

Seite 84: Drei gefallene Soldaten in einer Scheune / Leichen-Kammer zu Königinhof. Aquarell mit Bleistift von Adolph Menzel, 1866. *bpk / Kupferstichkabinett, SMB / Volker H. Schneider*

«Die Liebe entlockt diesem Geschichtspessimisten, diesem geradlinigen Kritiker unserer Kultur die beredtsten Glücks- und Friedensappelle, die die deutsche Gegenwartsdichtung kennt.»

Gert Ueding, Berliner Literaturkritik

«Hochhuth führt immer etwas im Schilde.»

Friedmar Apel, Frankfurter Allgemeine Zeitung

«Natürlich weiß ich inzwischen, daß Hochhuth der wichtigste und wahrscheinlich mutigste Autor seiner Zeit war.»

Hellmuth Karasek, ‹Karambolagen›

«Die zwei Lieblingsthemen, die zwei Obsessionen Hochhuths: die Historie und die Frauen ... Moderne Lyrik ist ja eher klinisch cool, da mochte sich für Hochhuth ein neues Feld auftun.»

Harald Hartung, Frankfurter Allgemeine Zeitung

FSC
www.fsc.org
MIX
Papier aus verantwortungsvollen Quellen
FSC® C083411

Das für dieses Buch verwendete Papier ist FSC®-zertifiziert.